BAGARRE AU GABON POUR OSS 117

DANS LA MÊME COLLECTION

Jean BRUCE

1 ICI OSS 117
2 OSS 117 ET FORCE NOIRE
3 OSS 117 JOUE LE JEU
4 ROMANCE DE LA MORT
5 CADAVRE AU DÉTAIL
6 UNE VRAIE PANTHÈRE
7 PIÈGE DANS LA NUIT
8 TRAHISON
9 CESSEZ D'ÉMETTRE
10 OSS 117 APPELLE
11 CONTACT IMPOSSIBLE
12 UN FROMAGE POUR UNE SOURIS
13 VOUS AVEZ TRAHI
14 CITÉ SECRÈTE
15 UNE POULE ET DES POULETS
16 L'ARSENAL SAUTERA
17 L'ESPIONNE S'ÉVADE
18 OSS 117 CONTRE X
19 NE JOUEZ PAS AVEC LES FILLES
20 CHASSE AUX ATOMES
21 PAS UNE POUR RACHETER L'AUTRE
22 TORTURES
23 ALERTE
24 PAYS NEUTRE
25 A QUI PERD GAGNE
26 ANGOISSE
27 SOUS PEINE DE MORT
28 OSS 117 N'ÉTAIT PAS MORT
29 BONNE MESURE
30 OSS 117 RÉPOND TOUJOURS
31 UN SARCOPHAGE POUR ISA
32 CARTE BLANCHE POUR OSS 117
33 OSS 117 TOP SECRET
34 OMBRES SUR LE BOSPHORE
35 MEURTRE SUR L'ACROPOLE
36 AFFAIRE N° 1
37 INCH ALLAH
38 TIREZ LES FICELLES
39 CACHE-CACHE AU CACHEMIRE
40 HARA-KIRI
41 LES MARRONS DU FEU
42 DOCUMENTS À VENDRE
43 TRAVAIL SANS FILET
44 DERNIER QUART D'HEURE
45 OSS 117 RENTRE DANS LA DANSE
46 OSS 117 S'EN OCCUPE

Collection « JEAN BRUCE »

BAGARRE AU GABON POUR OSS 117

par
JOSETTE BRUCE

PRESSES DE LA CITÉ
PARIS

ISBN : 2 - 258 - 00475 - 6

CHAPITRE

1

UNE LAMPE DE SIgnalisation clignota soudain dans l'obscurité, s'interrompit pendant près d'une minute, recommença à émettre une courte séquence de traits et de points.

La nuit était chaude, épaisse et très sombre. Une carapace de nuages dissimulait les étoiles et entretenait une lourde moiteur au niveau du sol plongé dans le noir.

Un Scandinave brusquement transplanté aurait ruisselé de la tête aux pieds dans les dix secondes, bouche ouverte comme une carpe au sec pour aspirer un air saturé d'humidité. A l'inverse, un habitant de Douala, pourtant plus au nord, aurait trouvé la température agréable et presque fraîche. Question de relativité.

Bien que situé à cheval sur l'équateur et recouvert d'une forêt primaire prenant souvent des allures de jungle impénétrable, le Gabon avait la réputation de posséder un climat clément à l'abri des énormes sautes de température propres au Sahara ou à certains autres pays. Le long de l'Atlantique, l'influence océanique tempérait encore les excès que la latitude aurait pu faire craindre.

Karl Model passa le dos de sa main sur son front légèrement humide de transpiration. Dans l'absolu, il reconnaissait que Libreville n'était pas si déplaisante que cela. Cependant, les vingt-deux à vingt-six degrés régnant tout au long de l'année finissaient par agir de manière débilitante sur son organisme rebelle à la chaleur. Souvent, quand il lui fallait quitter les endroits climatisés pour sortir dans la rue, il éprouvait de la nostalgie en songeant aux congères bien glacées et à l'épaisse couche de neige recouvrant la campagne de son Allemagne natale.

En rêve, il imaginait parfois l'autoroute côtière disparaissant sous deux centimètres de verglas tandis que de magnifiques icebergs bleutés défilaient majestueusement dans l'estuaire du Gabon.

Image poétique ayant fort peu de chance de se concrétiser un jour...

Pour le reste, Karl Model était bassement matérialiste et terre à terre. Quand on travaille comme technicien qualifié de haut rang au port d'Owendo, le concret représente le lot quotidien. Rêveurs ou dilettantes s'abstenir! La société qui l'employait le payait au prix fort pour obtenir des résultats tangibles. La rentabilité était son seul critère. Il était recommandé de laisser ses états d'âme au vestiaire.

Incidemment, autre signe qu'il avait les deux pieds bien ancrés sur le sol, Karl Model émargeait sur les listes de la CIA, la *Central Intelligence Agency* américaine.

Pour modeste qu'elle fût, son enveloppe mensuelle n'était pas négligeable car échappant à la voracité du fisc gabonais. Là pourtant n'était pas l'essentiel. A la limite, Karl Model aurait accepté de collaborer avec Langley sans contrepartie financière. Son enfance avait été bercée par les innombrables récits des viols à la chaîne et des pillages systématiques opérés par les Russes lorsqu'ils avaient envahi l'est de l'Allemagne à la fin de la guerre. Bien qu'aucune allusion n'eût jamais été seulement faite, il avait acquis la certitude que sa mère s'était sentie directement concernée à plusieurs reprises lorsqu'on parlait des réfugiés dont elle faisait partie, qui avaient été rattrapés par les hordes rouges ivres de vodka.

Son anti-communisme viscéral se doublait d'un raisonnement puisé à la source. Lénine avait toujours proclamé et écrit que le « socialisme » passerait d'abord par l'Afrique avant de s'emparer de l'Europe de l'Ouest. Ses successeurs au Kremlin ne faisaient qu'appliquer strictement cette doctrine. Présents en Algérie et en Libye, les Russes avaient désormais établi leur emprise en Angola, en Ethiopie et ailleurs. Personnellement ou par Cubains interposés.

Pour Karl Model, seuls les Etats-Unis étaient capables de stopper l'offensive soviétique en Afrique. Malgré ses quelques interventions spectaculaires, la France n'en possédait pas les moyens. Il fallait jouer la carte de Washington et amener la Maison Blanche à prendre conscience du danger. Le salut de l'Europe tout entière en dépendait...

De nouveau, la lampe de signalisation s'était mise à clignoter dans la nuit d'encre. L'obscurité, du côté de la baie de Corisco et de l'océan Atlantique était totale. Il ne distinguait même pas les éclats du phare de la Pointe Indombo, beaucoup plus loin vers le nord. Il devait probablement y avoir du brouillard ou de la brume de chaleur stagnant sur le rivage entre Nzogbour et Cocobeach, à une trentaine de kilomètres de là.

Le visage moite, la chemise collée au dos, Karl Model s'arma de patience. Le signal lumineux qui continuait à être envoyé depuis le rivage confirmait l'exactitude de ses informations. Un des avantages de son poste au port d'Owendo! Il suffisait d'attendre.

La route 10 entre Akok et Cocobeach, une méchante piste de latérite pour être plus exact, disparaissait complètement au milieu de l'épaisse végétation bordant la plage. A cet endroit, l'inextricable mangrove inondable était remplacée par une cocoteraie dense. Un régiment entier aurait pu y prendre position sans se faire repérer.

Le village le plus proche, quelques pauvres paillotes écrasées par la forêt, se trouvait à une dizaine de kilomètres. A cette heure, personne n'empruntait la route côtière. Il faudrait vraiment un hasard extraordinaire pour qu'un véhicule y circule avant l'aube. Quand à d'éventuels piétons, il était sûrement plus facile de rencontrer un commando palestinien dans une synagogue.

Tranquillité particulièrement propice à un rendez-vous clandestin...

Tout en pestant intérieurement contre les grappes de moustiques qui bourdonnaient autour de lui et se régalaient de sa chair bien nourrie, Karl Model braqua ses puissantes jumelles de marine en direction du large. La surface de la baie était uniformément sombre et plate, un miroir qu'on aurait badigeonné d'une épaisse couche de suie, sans le moindre reflet.

Et pas le plus petit signal en retour !

Retard ? Rendez-vous manqué ? Modification de dernière heure n'ayant pas pu atteindre le comité de réception ? Annulation de l'opération pour des motifs de sécurité ? Impossible à dire...

Normalement des armes devaient être débarquées sur cette portion de côte durant la nuit, Karl Model n'en savait pas plus. Le tuyau lui avait toutefois paru assez valable pour qu'il prenne le risque de venir en personne. En Afrique, même dans un pays aussi « rangé » que le Gabon, tout était possible, y compris l'invraisemblable.

A une certaine époque pas tellement reculée, malgré l'embargo officiellement décrété, tous les restaurants de Libreville servaient de succulentes pièces d'excellent bœuf de Rhodésie. Les avions qui livraient quotidiennement cette viande appréciée repartaient chargés à ras bord de caisses de « pièces détachées ». Tout le monde était au courant, mais on aurait vainement cherché à trouver trace de ces transactions très particulières.

Karl Model était curieux de savoir ce qu'il pouvait y avoir de vrai derrière cette histoire d'armes. Et, surtout, à qui elles étaient destinées en fin de compte.

La peau moite de transpiration, harcelé par tous les moustiques du voisinage, il commençait à regretter très sérieusement sa chambre climatisée quand une masse plus noire que l'eau de la baie se profila soudain dans le champ de vision de ses binoculaires.

Un cargo de dimensions moyennes, achevant de courir sur son erre tous feux éteints...

Karl Model agit sur le bouton molleté pour ajuster la distance et rendre l'image plus nette. Malheureusement, la nuit était beaucoup trop sombre pour qu'il puisse distinguer le nom inscrit à la proue ou identifier le pavillon. En définitive, cela n'avait guère d'importance. Ce n'était certainement pas à cause d'une erreur de navigation que le bâtiment était entré dans la baie de Corisco pour venir s'immobiliser à environ un demi-mille nautique de la plage. Rien à voir avec une coïncidence...

Bien qu'aucune lumière n'apparût, une certaine animation était néanmoins perceptible à bord. L'équipage s'affairait à mettre une embarcation à l'eau. Karl Model perçut des grincements de chaînes et des bruits de palans. Il reporta son attention sur la cocoteraie, à deux cents mètres des hautes herbes à l'intérieur desquelles il se dissimulait.

Plusieurs hommes étaient apparus et traînaient un zodiac sur le sable. Il perçut le ronflement d'un moteur et la petite embarcation piqua droit vers le cargo arrêté. Dommage qu'il ne puisse discerner les traits des protagonistes ou les fixer sur une pellicule ultra-sensible au moyen d'un télé objectif.

A moins qu'il ne s'agisse seulement d'une livraison de quelques caisses de pistolets, hypothèse peu probable, plusieurs véhicules devaient être prévus pour évacuer le matériel. Il lui suffirait de relever l'immatriculation de l'un d'eux et de se renseigner discrètement pour en connaître le propriétaire.

Karl Model allait bouger pour combattre l'engourdissement de ses muscles quand un frôlement écailleux se manifesta sur sa droite. En plus des moustiques, le Gabon hébergeait une population de reptiles dont certains dépassaient les six mètres et passaient pour férocement venimeux. L'échine crispée, Karl Model cessa de respirer, la gorge subitement sèche.

Le serpent s'éloigna dans les herbes sans se soucier de lui.

Durant les trois quarts d'heure suivants, la baleinière du cargo et le zodiac effectuèrent plusieurs allées et venues entre la coque sombre et la plage sur laquelle des caisses commencèrent à s'empiler. A en juger par leur nombre, il allait bientôt y avoir de quoi armer un bataillon.

L'idée qu'il surveillait peut-être de vulgaires contrebandiers d'alcool effleura Karl Model. Il aurait l'air fin s'il s'était laissé dévorer par les moustiques pour du scotch !

Quoi qu'il en soit, armes ou boissons fortes, les dockers improvisés ne pouvaient se borner à les entasser au milieu des cocotiers. Elles seraient trop repérables en plein jour, même si la piste était peu fréquentée. Ils étaient obligés de les évacuer au moyen de véhicules ou, au moins, de les transporter jusqu'à une cachette provisoire dans la forêt proche. Et ils ne pouvaient réaliser cela sans l'aide d'un camion, ils n'étaient pas assez nombreux pour tout coltiner avant l'aube.

Selon toute probabilité, la manœuvre comportait deux phases. Dans un premier temps, le plus urgent consistait à décharger la cargaison pour éviter que le cargo ne demeure trop longtemps mouillé dans la baie. Les quelques vedettes de la Marine gabonaise ne représentaient qu'une force purement symbolique qui se gardait bien d'affronter les périls d'une navigation nocturne, et les pêcheurs locaux ne prenaient la mer qu'avec une parcimonie louable.

Un hasard malencontreux pouvait néanmoins jouer. Parfois, quelques Européens fanatiques de pêche au gros doublaient le cap Estérias au plus sombre de la nuit pour rallier certaines zones réputées poissonneuses avant l'aube. Ils ne manqueraient pas de s'étonner de voir un cargo sortir de la baie de Corisco qui ne figurait pas exactement sur les routes maritimes habituellement suivies.

Karl Model résolut de ne pas bouger et d'attendre la suite des événements. Même s'il devait passer la journée suivante en planque, il y resterait. Sans aucune provision et sans une goutte d'eau, ce ne serait pas une partie de plaisir, mais le danger d'être découvert était pratiquement inexistant. Aucun souci de ce côté-là !

La baleinière était revenue une nouvelle fois en compagnie du zodiac, tous deux chargés à ras bord. C'était un régiment qu'ils pourraient bientôt équiper. Evidemment, il manquerait de blindés et de canons, mais on ne débarquait pas un escadron d'automitrailleuses ou de chars légers aussi facilement qu'un assortiment de fusils d'assaut, fusils mitrailleurs ou autres lance-roquettes.

Les caisses n'avaient pas encore rejoint en totalité le sable de la plage quand le ronronnement de plusieurs moteurs s'éleva et alla grandissant sur la piste.

Jumelles au poing, Karl Model se retourna. Deux phares venaient d'apparaître entre les arbres bordant le ruban de latérite. Un véhicule léger suivi, sans éclairage, par trois engins plus gros. Intéressant...

Après une seconde d'arrêt, les silhouettes avaient repris le déchargement de la baleinière. Il s'agissait donc bien des camions destinés à embarquer la marchandise.

Karl Model retint brusquement un juron quand le convoi parvint à sa hauteur. Le premier véhicule était une de ces Land-Rover utilisées par l'armée, et celui qui lui collait juste derrière n'était autre qu'un camion militaire ! Les yeux aux oculaires, l'Allemand songea que les contrebandiers avaient dû être trahis et qu'il allait assister à une sévère empoignade dès que les grappes de soldats sauteraient à terre tous ensemble.

Il fit pivoter rapidement les jumelles vers la plage et la cocoteraie. Croyant visiblement à l'arrivée de leurs comparses, les hommes continuaient tranquillement à vider la baleinière. Bénéficiant ainsi de l'effet de surprise, l'armée n'allait en faire qu'une bouchée.

Rien de tel ne se produisit.

Sur la route, une torche électrique clignota, et la Land-Rover de tête répondit par trois coups de phare avant de ralentir et de s'engager en cahotant au milieu des troncs élancés des cocotiers. Aucun coup de feu ne claqua.

Karl Model comprit très vite pourquoi. Avant d'éteindre ses lumières, le conducteur les laissa allumées pour permettre à ses suiveurs de se repérer parmi les arbres, éclairant par la même occasion ceux qui soulevaient les lourdes caisses.

Tous étaient revêtus d'un treillis militaire!

CHAPITRE

2

OUBLIÉES, LA CHALEUR et la moiteur de la nuit ! Disparues, la lassitude et les crampes ! Envolés, les moustiques ! Durant un instant, Karl Model eut du mal à en croire ses yeux.

L'armée gabonaise réceptionnant des armes de contrebande... A se pincer pour être certain de ne pas rêver ! En d'autres circonstances, il aurait pensé à un accès de délire causé par une brutale crise de paludisme, ou un coup de bambou pour cause d'exposition prolongée au soleil.

Mais il ne déraillait pas. Le faisceau d'une lampe-torche, allumée pour diriger les véhicules, lui confirma que ceux-ci étaient bien des camions militaires et que les « contrebandiers » portaient le treillis vert-olive des soldats du tout-venant. Aucune tenue camouflée malgré la propension des Gabonais à se déguiser en parachutistes, aucun visage plus pâle révélant la présence d'un « conseiller » ou « instructeur » français. Apparemment, rien que de l'authentique militaire local.

Ce qui entraînait aussitôt une foule de questions. Parmi les Européens vivant dans le pays, l'aimable fiction d'une armée gabonaise était considérée comme une joyeuse plaisanterie destinée à l'exportation. A Libreville même, neuf sur dix des militaires qu'on rencontrait étaient des parachutistes français appartenant à deux régiments différents. Ils avaient beau être en civil dès qu'ils sortaient des camps, tout le monde était au courant et les prenait volontiers en auto-stop pour les déposer dans le centre.

Les Européens affirmaient même que le chef de l'armée gabonaise était un général français, allant jusqu'à citer son nom. Pure calomnie, bien entendu.

D'où les deux interrogations principales que se posait Karl Model dans ses herbes. Les Français avaient-ils organisé cette livraison d'armes et étaient-ils au courant ? Ensuite, à qui étaient-elles destinées et pourquoi le cargo n'avait-il pas déchargé son matériel à Owendo en attribuant aux caisses un contenu tout à fait anodin, machines à écrire ou instruments chirurgicaux ?

Désir de laisser l'ambassade russe dans l'ignorance d'un « arrivage » spécial qui ne devait que transiter au Gabon avant de rejoindre subrepticement quelque point chaud du continent ?

L'Afrique était en fièvre du nord au sud. La presse parlait abondamment de la Mauritanie, du Tchad ou de l'intervention des légionnaires du 2e R.E.P. au Zaïre, mais il existait bien d'autres endroits dont nul ne soufflait mot.

Ce n'était pas avec des lance-pierres que les Rhodésiens lançaient leurs raids au Mozambique ou que les Sud-Africains allaient faire le ménage dans certains camps d'entraînement implantés en Angola. Les initiés murmuraient aussi le nom du Cabinda, où certains « ouvriers spécialisés » du coup fourré harcelaient les Cubains pour contrer leur œuvre d'extermination de plusieurs ethnies refusant l'évangélisation au Kalashnikov...

Karl Model résolut de s'approcher de la cocoteraie afin d'en avoir le cœur net. A défaut d'identifier l'unité à laquelle appartenaient les dockers en treillis, il pourrait relever l'immatriculation d'un ou deux camions. A partir de là, il lui serait plus facile de retrouver les caisses puis de les suivre à la trace.

D'un geste machinal, il vérifia l'automatique glissé dans la poche de son pantalon, s'assura de la présence du coupe-coupe fixé à sa ceinture.

Instrument indispensable au Gabon, essentiel pour la survie dans la forêt...

Privé de son coupe-coupe, l'Africain de la région se sent aussi nu et vulnérable qu'un nouveau-né. Posséder une bonne lame ne sert pas seulement à se défendre contre les humains, détrousseurs professionnels ou anciens anthropophages reconvertis dans le banditisme. Sans un solide coupe-coupe, il est impossible de s'ouvrir un chemin au sein de la végétation inextricable régnant à dix mètres des pistes à l'intérieur du pays. Et rien de tel pour trancher la tête d'un serpent ou se protéger de certaines bestioles attirées par la chair humaine.

Alors qu'il avait parcouru silencieusement une dizaine de mètres au milieu des herbes, Karl Model s'immobilisa soudain, pénétré jusqu'au plus profond de lui-même par la certitude physique d'un danger terriblement proche, imminent, mortel. C'était aussi évident que si la menace s'était inscrite en lettres de feu accrochées aux troncs des premiers cocotiers.

Il ne pouvait l'expliquer, mais le phénomène était pourtant bien réel. Karl Model le savait par expérience.

La dernière fois, alors qu'il roulait en brousse, une impulsion irréfléchie l'avait conduit à écraser le frein et à jeter sa voiture sur le bas-côté sans aucune raison. Simplement, une seconde plus tard, deux énormes camions avaient débouché du tournant suivant, roulant de front comme des dingues et débordant de part et d'autre de la route en latérite.

Au Gabon, nombre de conducteurs africains se noircissaient jusqu'aux yeux à la « Regab », bière locale remplaçant le code de la route. Il valait mieux ne pas se trouver sur leur trajectoire.

Un genou à terre, muscles bandés, Karl Model avait instinctivement remonté la main entre la crosse de son automatique et la poignée du coupe-coupe.

Délaissant la cocoteraie où les militaires s'activaient autour de leurs caisses d'armes, il entreprit de tourner très lentement la tête, replié sur lui-même, tapi dans les herbes.

Tout d'abord, il ne distingua rien de suspect dans l'obscurité épaisse. Puis, en même temps que le chauffeur d'un des véhicules emballait son moteur, il perçut un mouvement furtif venant dans sa direction, découvrit bientôt qu'il s'agissait d'un homme courbé en deux qui se déplaçait comme s'il ne s'était pas rendu compte de sa présence.

Si son intuition ne l'avait pas averti, le type lui serait tombé en plein dans le dos...

Un promeneur nocturne était à exclure. Une sentinelle éloignée ou bien un soldat envoyé en patrouille isolément? Un concurrent, cherchant lui aussi à identifier les contrebandiers après avoir assisté de loin à l'arrivée des camions? Un simple pêcheur endormi dans sa barque et réveillé par le remue-ménage?

Les doigts de Karl Model se refermèrent sur la poignée du coupe-coupe, qu'il entreprit de détacher peu à peu. Peu importait qui était ce gêneur tombant comme un cheveu dans la soupe. Ou bien il passait à l'écart et il pouvait bien aller se faire pendre ailleurs. Ou bien il venait lui buter juste dessus et il devenait indispensable de le supprimer sans bruit pour l'empêcher de donner l'alerte. Un seul cri de surprise, et les soldats rappliqueraient.

Donc, pas question d'utiliser l'automatique...

L'épaisse lame du coupe-coupe légèrement relevée, Karl Model pesta intérieurement. L'étendue herbeuse mesurait plus de cent mètres dans sa plus petite largeur et il fallait que cet imbécile avance pile sur lui !

Il y a des gens qui ont vraiment le chic pour rechercher les ennuis...

Dix mètres... Huit mètres... Cinq...

La paume de Karl Model était moite de sueur et un filet de transpiration lui coulait au milieu du dos, le long des reins. L'autre continuait sans dévier, écartant prudemment les herbes sur son passage, toute son attention fixée vers la cocoteraie. A se demander s'il aurait aperçu un éléphant avant de buter dedans !

A deux mètres, l'Allemand se détendit violemment comme un ressort, projetant son bras à l'horizontale en un rapide mouvement circulaire. Le coupe-coupe chuinta brièvement en s'enfonçant en plein dans la gorge de l'inconnu. A moitié décapité, celui-ci bascula à la renverse sans laisser échapper le moindre cri.

Pour ne pas être aspergé par le sang, Karl Model avait bondi sur le côté, prêt à frapper de nouveau si nécessaire. Inutile... Le cœur battant, il se baissa de nouveau au milieu des herbes près du corps qui se vidait avec de petits glougloutements sinistres.

Du côté de la cocoteraie, on paraissait ne rien avoir remarqué. Déchargée, la baleinière repartait vers le cargo toujours immobile sur la surface sombre de la baie. Personne d'autre ne semblait vouloir se manifester en direction de la piste ou aux lisières de la zone herbeuse.

Bien qu'ils se soient trouvés face à face pendant une seconde, Karl Model n'aurait pu dire si sa victime était un Africain ou un Blanc. La nuit était vraiment trop noire. Pour le savoir, il aurait dû allumer et prendre le risque d'être aussitôt repéré.

Après avoir essuyé la lame dégoulinante à la chemise-veste du mort, il lui palpa sommairement les poches et ne s'étonna pas trop de les découvrir vides. Il aurait quand même préféré trouver une carte d'identité ou des papiers quelconques. Seule certitude, le type n'était pas en treillis ni en uniforme.

Ce qui n'était nullement une preuve. Les soldats avaient pu déguiser quelques-uns des leurs en civils et les disperser tout autour du lieu de rendez-vous afin d'en baliser les approches.

Karl Model n'y croyait pas trop, mais l'hypothèse ne pouvait être entièrement négligée. Et dans ce cas, il devenait urgent de vider les lieux pour ne pas tomber sur d'autres touristes du même genre qui ne tendraient pas forcément la gorge avec autant d'obligeance.

Tant pis pour l'immatriculation des camions ou l'identification de l'unité à laquelle appartenaient les soldats ! Il fallait qu'il soit aussi loin que possible quand ceux-ci s'aviseraient qu'un homme manquait à leur tableau d'effectifs. Leur premier soin serait de redoubler de vigilance et d'entreprendre des recherches. S'ils possédaient une liaison radio, un filtrage de la piste risquait d'être mis en place à l'embranchement où elle rejoignait la route N° 1, seul itinéraire pour regagner Owendo et Libreville.

Dans l'immédiat, l'essentiel était de savoir que des caisses d'armes avaient effectivement été débarquées et que des militaires les avaient réceptionnées. Pour le reste, de discrètes vérifications pouvaient apporter les précisions complémentaires souhaitables.

Par exemple, en compulsant la liste des cargos venus relâcher à Owendo ou Port-Gentil, dans les heures suivantes. A condition, bien entendu, que le bâtiment fasse escale au Gabon et ne continue pas directement vers le Congo, le Zaïre, l'Angola ou autres lieux. Une chance sur deux.

Abandonnant le cadavre aux moustiques et aux mouches qui rappliquaient déjà à la curée en nuages serrés, Karl Model battit précautionneusement en retraite vers la mangrove constituant le rivage au sud de la cocoteraie et de la zone herbeuse.

A moins de se transformer en explorateur intrépide pataugeant jusqu'à mi-cuisses et s'ouvrant un chemin au coupe-coupe, avec le risque de poser le pied sur quelque reptile ou saurien d'humeur belliqueuse, il fallait emprunter la piste ou ses bas-côtés plus ou moins débroussaillés sur près d'un kilomètre.

Un atout non négligeable, cependant. Si les soldats avaient mis en place une sentinelle à titre de précaution, celle-ci devait surveiller uniquement la direction opposée puisqu'un véhicule ou tout autre péril ne pouvait survenir que de là pour surprendre le « débarquement ».

Karl Model ne rencontra personne. Les « dockers » avaient dû juger inutile d'immobiliser des bras qui leur étaient nécessaires, tablant sur le fait que nul n'empruntait la piste pendant la nuit.

A l'approche de la petite butte au flanc de laquelle il avait camouflé sa voiture hors de vue du ruban de latérite, l'Allemand redoubla de prudence. Tout était correct, aucune embuscade n'avait été tendue pour lui sauter dessus au retour. Il prit le volant, mit le moteur en route et enclencha le crabotage pour rendre les quatre roues motrices.

C'était une de ces « Land-Cruiser » japonaises comme il en roulait des milliers au Gabon. La société pour laquelle il travaillait en possédait plusieurs dizaines, toutes identiques. De plus, afin de diminuer encore les risques de repérage, il en avait « emprunté » une appartenant au groupe d'entreprises chargées de la construction du chemin de fer transgabonais. Le légitime propriétaire avait l'habitude de laisser la clé au volant et se trouvait de surcroît absent d'Owendo pour une semaine, en mission dans la région de Franceville.

A supposer que quelqu'un note l'immatriculation ou le numéro peint en gros chiffres noirs sur les portières, on ne pourrait pas remonter jusqu'à lui...

Après avoir cahoté jusqu'à la piste en se frayant un chemin au milieu des buissons, des jeunes arbustes et des hautes pousses de manioc sauvage, Karl Model débraya le crabotage et accéléra pour s'éloigner au plus vite.

Aucun problème jusqu'à Akok. Au-delà, la piste s'améliorait et s'élargissait avant de continuer vers la « grand-route », une quinzaine de kilomètres plus loin.

Karl Model traversa la petite bourgade obscure et endormie sans ralentir, pleins phares.

Il ne vit pas les deux soldats, dissimulés derrière une bâtisse en bois, qui s'activaient à noter le numéro du véhicule.

Les eût-il aperçus qu'il ne s'en serait pas soucié outre mesure et leur aurait souhaité bien du plaisir.

Ils n'avaient pour l'identifier un jour pas l'ombre d'une chance sur un million...

CHAPITRE

3

AU GABON, QUAND un avion de tourisme disparaît dans la forêt, on peut tracer une croix sur ses occupants. A moins qu'il ne tombe en vue d'un village ou d'une piste, que quelqu'un l'aperçoive juste à cet instant et localise l'impact avec précision, que les « sauveteurs » soient guidés par le doigt de la chance, on n'en retrouve jamais la moindre trace.

La forêt est une formidable dévoreuse, féroce et impitoyable. Elle digère en un clin d'œil tout ce qui commet l'imprudence de s'y égarer.

Les immenses frondaisons des arbres de plusieurs dizaines de mètres de haut se referment comme l'eau d'un gouffre, les sous-bois sont souvent si inextricables qu'on passe à trois mètres d'un éléphant sans l'apercevoir, la jungle de lianes, d'orchidées et de plantes parasites comble le moindre trou en quarante-huit heures.

Le cadavre à demi décapité aurait très bien pu rester tranquillement dans les herbes jusqu'à ce que les fourmis et autres nécrophages aient nettoyé le squelette et que la terre rouge ait absorbé celui-ci. Qui aurait éprouvé le besoin de se hasarder à quarante mètres de la piste dans un endroit dont devaient raffoler les mambas verts ou noirs ?

Le destin voulut toutefois que deux villageoises surchargées de la hotte traditionnelle empruntent la route en début de matinée en compagnie de trois gosses fureteurs et d'un chien de pure race bâtarde. Et que ce dernier, n'aimant pas l'odeur, s'aventure dans l'herbe en aboyant et en hurlant à la mort avec obstination. Curieux, le coupe-coupe à la main, l'aîné des gosses alla voir ce qui pouvait bien l'exciter.

La gendarmerie de Cocobeach, prévenue depuis le petit village de Nzogbour, ne se manifesta que dans l'après-midi, après l'heure sacrée de la sieste. Le corps n'était plus très frais. Sous l'effet conjugué du climat et d'innombrables mandibules, il était déjà difficilement identifiable.

Comme tous les Gabonais, les gendarmes savaient reconnaître un égorgement au coupe-coupe. Ennemis des complications inutiles, l'absence de papiers aidant, ils décidèrent qu'il s'agissait d'un étranger victime d'un autre étranger, des Guinéens ayant certainement franchi en fraude la frontière proche, et qu'une rixe les avait opposés pour des mobiles non déterminés.

Le meurtrier guinéen avait à coup sûr regagné son pays, tout aussi clandestinement, ce qui évitait d'avoir à transpirer à sa poursuite.

Simple...

***

Jean-Simpley Nzogo était gabonais, lieutenant, et pas tellement heureux de l'être.

Dans son uniforme dont les plis s'estompaient pour cause de transpiration abondante, il songeait avec amertume que l'honnêteté ne payait décidément pas. Moins scrupuleux, il aurait commencé par avoir un climatiseur en état de marche au lieu d'attendre une hypothétique réparation. Il lui aurait suffi de décrocher son téléphone pour qu'on lui en livre un neuf dans l'heure, plus une dizaine d'autres en prime et la camionnette pour les transporter, à charge pour lui d'en tirer un bon prix ou de la garder pour son usage personnel.

Simple lieutenant, il devait se contenter de sa maigre solde alors que d'autres étaient déjà capitaines et n'avaient pas assez de tous les tiroirs de leur bureau pour engranger les épaisses enveloppes qu'ils percevaient de sources multiples autant que libérales.

Jean-Simpley Nzogo n'avait même pas la ressource d'utiliser les innombrables renseignements ou dossiers accumulés à ce sujet. On aurait trouvé normal qu'il réclame une part du gâteau, mais pas qu'il ouvre le couvercle. Surtout pas! D'ailleurs, personne n'aurait été assez fou pour recueillir ses confidences, encore moins pour leur donner la plus petite publicité.

A quoi bon, de toute manière, puisque tout le monde savait que ce genre de pratiques avait cours, et sur une échelle d'autant plus grande qu'on grimpait vers les sommets de la hiérarchie.

Cinq pour cent sur chaque litre d'essence vendu ou sur chaque boulon importé, cela suffisait pour réjouir le cœur à la fin du mois, lorsque les banques suisses adressaient le solde des comptes numérotés...

Jean-Simpley Nzogo avait renoncé à décortiquer les mobiles profonds qui l'emprisonnaient dans le carcan de l'honnêteté. Peut-être parce que sa mère était camerounaise et bamiléké, ethnie rusée et commerçante, et qu'il n'était gabonais que par son père, ancien sergent-chef dans l'armée française ? Il devait avoir quelque chose comme le respect du pays et de l'uniforme.

Lourde tare dans une contrée regorgeant de pétrole, de fer et d'uranium, ensevelie de surcroît sous les prêts et subventions des grandes banques et organismes internationaux d'aide au tiers monde.

Dans son bureau dépourvu de climatisation, avec ses épaulettes de simple lieutenant, Jean-Simpley Nzogo se sentait parfois plus puissant que certains hauts fonctionnaires roulant carrosse et possédant de luxueuses résidences secondaires en Europe.

Détaché de la Sécurité Militaire avec une affectation suffisamment neutre pour passer pour une mise à l'écart, il représentait l'ébauche d'un service de renseignements purement autonome dans le cadre intérieur de l'armée gabonaise. C'était précisément son honnêteté qui l'avait désigné pour ce rôle de Saint-Just local. Tandis qu'il tissait méticuleusement sa toile en ayant garde de prendre la moindre mouche, son supérieur direct le considérait comme une inutilité pas même encombrante dont les autres avaient voulu se débarrasser.

Pratique...

A condition d'éviter de trop se montrer ou de faire des vagues.

Pour l'heure, l'écœurement du lieutenant Nzogo tenait à trois raisons.

Tout d'abord, une mystérieuse et colossale ponction à un haut niveau risquait une fois de plus de mettre en péril la poursuite du chantier du chemin de fer transgabonais, un véritable aspirateur à milliards dès le départ. Où irait-on avec cent cinquante ou deux cents kilomètres de voie ferrée s'arrêtant brusquement au tiers de la distance jusqu'aux gisements de fer ? Bokassa et les autres allaient s'en étrangler de rire.

Ensuite, l'ambassadeur de Chine communiste venait une nouvelle fois de commander la plus luxueuse des Mercedes du haut de la gamme. Le monde à l'envers ! Comment convaincre le peuple que la prospérité passait par le capitalisme et le libéralisme si les Chinois de Pékin se rendaient à tous les cocktails les plus huppés dans la plus belle voiture de tout Libreville ?

Un coup à convertir tous les jeunes ambitieux au maoïsme militant !

Enfin, il y avait cette histoire de « débarquement » invérifié et pas très clair dans la baie de Corisco. Diouly, discrètement envoyé sur place pour voir de quoi il retournait, n'avait plus donné signe de vie.

En revanche, la gendarmerie de Cocobeach avait expédié un rapport de routine signalant qu'elle avait ramassé près du rivage le cadavre d'un « supposé Guinéen vraisemblablement tué par un de ses compatriotes à la suite d'une rixe ».

Jean-Simpley Nzogo connaissait le refrain. Il y avait de fortes chances pour que le « Guinéen » en question et Diouly ne soient qu'une seule et même personne.

Certitude malheureusement insuffisante pour le ressusciter.

*
**

– Vous pouvez partir, Marylène, dit Gilbert Marécal. Si j'ai besoin d'un document pour compléter les dossiers, je sais où les trouver. Avec vous, tout est toujours rangé à sa place...

Le compliment fit naître un sourire sur le visage de la jeune femme.

– Je vous remercie, monsieur, prononça-t-elle. Mais si vous n'y voyez pas d'inconvénient, je préférerais rester pour prendre un peu d'avance dans le courrier. Demain matin, nous risquons d'être un peu bousculés et plusieurs lettres doivent partir rapidement.

– Je ne sais pas comment je me débrouillerais sans vous, affirma Marécal, sincère. Vous pourrez me faire signer toutes les heures supplémentaires que vous voudrez. J'irai ouvrir moi-même quand ils sonneront. Il faut les soigner si nous voulons arracher le contrat.

Tandis qu'il passait dans son bureau et refermait la porte, Marylène Sauvageon introduisit feuillets et carbones derrière le rouleau de sa machine à écrire. L'humeur au beau fixe, elle se mit à taper à la cadence d'une mitrailleuse.

A vingt-quatre ans, c'était une fille épanouie, peut-être un tout petit peu trop enrobée, mais rayonnante de féminité. Elle soupçonnait le patron de Gabéquipimport de l'avoir choisie parmi les autres postulantes à cause de ses seins plantureux qui attiraient d'emblée le regard.

Naturellement, Marécal n'avait pas été long à tenter sa chance. Posément, avec tact pour éviter de le vexer, elle lui avait fait comprendre qu'elle ne pouvait être à la fois sa secrétaire et sa maîtresse. Elle n'avait rien contre cette dernière formule, c'était à lui de décider. Mais elle ne travaillerait pas un jour de plus pour lui s'ils couchaient ensemble. C'était l'un ou l'autre.

D'abord étonné et mécontent, Marécal avait admis sportivement qu'une secrétaire efficace était de loin préférable à une passade sans lendemain. Depuis, il lui accordait toujours sa confiance. Une certaine complicité amicale s'était même nouée entre eux, comme à la suite d'une bonne plaisanterie. Exactement ce que souhaitait Marylène Sauvageon.

Qui pouvait en toute tranquillité collecter diverses informations n'ayant qu'un rapport assez lointain avec l'importation de biens d'équipement destinés au marché local...

Il suffisait de savoir lire entre les lignes de certains bordereaux. Par exemple, lorsque telle société faisait venir deux cent cinquante machines à laver et autant de presses à vapeur pour repasser les chemises, ce n'était sûrement pas pour les ménagères gabonaises de la province reculée de Woleu-Ntem...

A plusieurs reprises, Marylène Sauvageon avait été frappée par la rapidité inusitée avec laquelle le matériel était dédouané et s'envolait discrètement la nuit suivante par avion pour une destination inconnue.

Prudente, elle n'avait jamais cherché à se renseigner avec précision auprès de Marécal, affectant de ne rien remarquer. Simplement, elle avait constaté que Marécal annotait après coup les bordereaux classés en archives au moyen d'une ou deux lettres conventionnelles. Quelques rapprochements, un brin de réflexion, plusieurs coups d'œil sur le carnet de rendez-vous personnel de son patron, des bribes de conversations téléphoniques écoutées avec précaution, et il lui avait été relativement facile d'identifier a posteriori les destinataires figurant selon le code parfaitement anodin des archives.

Parallèlement à l'augmentation de salaire très substantielle dont Marécal l'avait fait bénéficier pour bons et loyaux services, « l'enveloppe » qu'elle percevait chaque fin de mois avait été multipliée par deux et demi. Nette d'impôts, versée directement en France.

Marylène Sauvageon ne s'estimait pas malhonnête. En plus des intéressés, d'autres étaient obligatoirement au courant parce que tout ou presque finissait par se savoir à Libreville. Alors, pourquoi ne pas en profiter...

A sept heures, elle rangea ses papiers, recouvrit

sa machine de la housse de protection et quitta son bureau sans déranger Marécal en « conférence » avec son premier client gabonais portant cravate et gilet. L'uniforme quasi indispensable de l'homme d'affaires ou du haut fonctionnaire, seul le président pouvant se permettre de recevoir ses hôtes de marque en chemise à col ouvert flottant sur un pantalon de sport en toile légère...

Après avoir refermé derrière elle, la jeune femme prit sa voiture sur le parking. Les « conférences » visaient un objectif beaucoup plus terre à terre que la définition d'une stratégie commerciale. Il s'agissait de marchander le pourcentage occulte réclamé par l'interlocuteur pour conclure le marché. Marécal avait commis l'erreur de prévoir un second rendez-vous beaucoup trop proche. Il allait être obligé de céder trop rapidement sur un chiffre trop élevé, ce qui ne manquerait pas de susciter la méfiance de son vis-à-vis.

La nuit était déjà tombée sur Libreville, chaude, humide, mais néanmoins supportable. Les lumières du bord de mer brillaient le long de l'estuaire du Gabon, avec quelques trous d'obscurité dus à des lampadaires défaillants. Les grands édifices de la présidence et des services rattachés étincelaient avec ostentation.

Malheureux architecte qui avait commis la lourde faute de vouloir construire à proximité un vaste building plus haut que le palais présidentiel. Il avait été contraint d'en raser le sommet...

Marylène Sauvageon habitait dans un immeuble neuf de la rue du Colonel Parant, non loin de la paierie de France et du carrefour où les vendeurs haoussas étalaient sur les trottoirs leurs bibelots à l'intention des touristes et des gogos de passage. Le loyer du petit appartement était horriblement cher, comme d'ailleurs tout au Gabon, mais Marécal en payait la moitié qu'il faisait passer comme charges sociales du personnel dans sa comptabilité.

Sympa de sa part...

Sur le pas de sa porte, Marylène Sauvageon marqua une hésitation nuancée d'inquiétude. Par le battant entrouvert, elle pouvait entendre de la musique et voir que le living était éclairé.

– N'ayez pas peur ! dit une voix amusée. Ce n'est que moi...

Tandis qu'elle s'avançait et repoussait le battant, elle reconnut Enrique Figueras qui venait d'apparaître au seuil de la pièce de séjour, souriant, une mèche sur le front.

– Comment êtes-vous entré ?

Il rit.

– Par la porte, fit-il. Je suis comme Ali Baba, je possède un don pour les ouvrir...

Marylène Sauvageon se sentit incapable de protester, encore moins de se mettre en colère. Enrique Figueras, dont elle ignorait qu'il se nommait en réalité Enrique Sagarra, était un homme de taille moyenne, toujours très droit pour éviter d'en perdre un seul centimètre, vêtu élégamment, avec une petite moustache en accent circonflexe, des hanches minces de danseur espagnol et un regard charmeur qui pouvait causer des ravages auprès de bien des femmes.

La plupart éprouvaient d'emblée une sorte de

sentiment quasi maternel à son égard. Désir de protection qu'il se chargeait de transformer bien vite de manière plus conforme aux vues qu'il avait sur elles. Avant d'avoir compris, elles se retrouvaient dans son lit, sans regret ni remords, prêtes à traiter de vils menteurs ceux qui leur auraient affirmé qu'Enrique Sagarra comptait parmi les tueurs les plus efficaces et impitoyables de la CIA.

Tandis que Marylène Sauvageon hésitait encore sur la conduite à tenir, il s'effaça pour lui laisser le passage, désigna du geste la table déjà dressée avec soin, les bougies prévues pour donner au repas un caractère intime, le seau à champagne d'où émergeait le col d'une bouteille de *Dom Perignon,* les trois roses venues de France par avion et qui avaient dû coûter une petite fortune chez le meilleur fleuriste de la capitale gabonaise.

Enrique savait vivre.

– J'ai pensé que nous serions bien mieux ici que dans un restaurant plein de monde, déclara-t-il. Dîner froid aux chandelles, je me suis occupé de tout. Vous ne m'en voulez pas ?

Il esquissa un mouvement vers le seau à glace, la couvant du regard.

– *Dom Perignon* pour commencer, laissez-vous choyer...

Puis, il questionna sans transition :

– Qu'y a-t-il de vrai dans cette histoire de cargaison d'armes débarquée sur la côte par un cargo inconnu ? Est-il exact que c'est l'armée gabonaise qui les a récupérées ?

Marylène Sauvageon en fut décontenancée. Elle savait qu'Enrique était à Libreville à cause de ces mystérieuses caisses et qu'il la questionnerait, mais elle ne s'attendait pas du tout à ce qu'il saute ainsi du coq à l'âne. Surtout après s'être introduit chez elle avec la même désinvolture que s'il était chez lui.

– Qui est à l'origine de l'information? L'homme a-t-il assisté en personne au déchargement ou le renseignement est-il de seconde main? Dans le premier cas, quel est son nom et où puis-je le rencontrer pour l'interroger?

– Ce n'est pas possible, s'entendit répondre machinalement la jeune femme. Le cloisonnement et la sécurité ne me permettent pas de vous le dire... De plus, je l'ignore...

Elle fut consciente de s'embrouiller et de rougir soudain, mais Enrique ne parut pas s'en apercevoir. Comme s'il changeait une nouvelle fois d'idée, il abandonna la table et marcha vers elle, son regard de braise descendant le long de ses hanches et remontant vers son buste.

– J'aime votre poitrine, affirma-t-il. Vous devez avoir des seins superbes.

C'était sincère. Enrique détestait les femmes plates ou simplement menues. Il les appréciait rondes et même au-delà. La quantité était une qualité indispensable à ses yeux.

Marylène Sauvageon demeura interdite. En même temps, une chaleur inattendue s'insinua en elle, et elle en fut toute surprise.

Insensé! Il l'attendait chez elle, il l'interrogeait d'entrée de jeu, il lui proposait du champagne, il changeait brusquement d'avis pour lui parler de ses seins, et elle trouvait ça pour ainsi dire normal! Et agréable...

C'est à peine si elle eut un imperceptible sursaut lorsqu'il commença à déboutonner son chemisier avec un naturel désarmant.

– Mais... Mais, bredouilla-t-elle.

– Je suis certain que vous avez les plus beaux seins de Libreville ! assura Enrique. Tous les hommes doivent se rouler à vos pieds pour les voir !

Marylène Sauvageon voulut réagir mais se cambra instinctivement pour lui faciliter la tâche lorsqu'il la caressa doucement et glissa les mains dans son dos pour dégrafer son soutien-gorge.

– Magnifique ! s'exclama-t-il avec enthousiasme. Merveilleux !

Elle se surprit à fermer les yeux, la respiration heurtée, lorsque les mains d'Enrique se refermèrent sur les globes palpitants dont la pointe durcit instantanément.

Envahie par une brutale bouffée de désir, elle se demanda seulement s'il allait lui faire l'amour à même le tapis de haute laine ou sur le canapé.

CHAPITRE

4

LA NUIT ÉTAIT tiède, alternant la chaleur moite et la fraîcheur humide montant de l'eau, poussée par de légers souffles de brise. Des nuages assez bas et renflés dérivaient sans hâte au-dessus de l'estuaire, en direction du cap Estérias et de l'océan Atlantique.

L'équateur passant à quelques kilomètres à peine, il n'y avait pas à se plaindre. On aurait pu s'attendre à une température beaucoup plus élevée. L'humidité mise à part, il faisait nettement moins chaud à Libreville que sur la Côte d'Azur. Paradoxe que les photos de l'épaisse forêt gabonaise rendaient plutôt difficile à croire.

En fait, le climat n'était pénible qu'à cause de

la climatisation qui entretenait partout un air artificiellement réfrigéré et provoquait sudation et impression de grosse chaleur dès qu'on mettait le nez dehors. Et aussi, un petit peu, de la couverture nuageuse contribuant à créer une ambiance de serre saturée de vapeur d'eau.

Sans oublier qu'il ne faisait pratiquement jamais moins de vingt degrés tout au long de l'année. De quoi rêver de hautes montagnes gelées ou d'une bonne canicule saharienne bien sèche...

Sur la pente en contrebas de la paroisse Saint-André et des 90 Logements, la rue fortement inclinée était plongée dans l'obscurité la plus totale. Si l'éclairage public existait dans le haut de la rue Kringer, les réflecteurs devaient être grillés ou l'alimentation en panne. A part de rares lanternes de villas, il y régnait une noirceur de tunnel.

Anecdote... A Libreville comme dans tout le Gabon, on vivait souvent dans un futur grandiose en oubliant les basses contingences du présent. Ainsi, tandis qu'on achevait les plans d'une longue rocade ultra-moderne construite sur pilotis au-dessus des eaux de l'estuaire, il arrivait qu'une voiture disparaisse entièrement dans un gigantesque trou creusé par le ravinement dans la chaussée de l'autoroute et que nul n'avait songé à baliser...

En ville, des élites en complet rayé dialoguaient avec les ordinateurs des banques européennes ou américaines par telex relayé par satellite. A portée d'arbalète, des Pygmées nus comme le genou continuaient d'habiter dans des nids de branchages et tremblaient en attendant l'apparition d'une divinité maléfique chaque fois qu'un avion ou un hélicoptère survolait la forêt.

Merveilles d'un pays en voie de développement où le plus petit chantier perdu dans la brousse ne pouvait survivre sans un poste de télévision diffusant les feuilletons policiers quotidiens. A la rigueur, on se passait de médecin ou de steak-frites. Une panne de télé, en revanche, c'était la grève générale au bout de vingt-quatre heures.

Rue Kringer, sur la droite en regardant vers l'église construite en meulière en haut de la côte, la *Cochinchinoise* avait éteint ses guirlandes d'ampoules multicolores avec le départ des derniers clients. Le restaurant était aussi sombre que l'embranchement de la petite voie conduisant à la résidence de l'ambassadeur du Zaïre. Tout dormait.

Georges Lacom se redressa après avoir longuement observé les lieux, négligea la grille qui grinçait et escalada souplement la barrière en ciment. Il se reçut sans bruit de l'autre côté, s'accroupit pour tendre l'oreille et scruter la nuit vers le terre-plein de gravillon.

C'était un Gabonais d'une trentaine d'années, au corps relativement délié, plus grand et plus fin que la majorité de ses compatriotes.

La *Cochinchinoise* était un restaurant qui avait connu une certaine vogue avant d'être en partie détrôné par ceux des grands hôtels et plusieurs établissements hors de prix où il était du dernier chic de traiter ses invités, européens ou africains. Il conservait néanmoins une clientèle de fidèles et offrait l'avantage de proposer deux salles supplémentaires séparées où l'on pouvait déjeuner ou dîner entre amis, sans se soucier des voisins.

Un autre argument devait être pris en considération. De notoriété publique, Libreville était un fief des services spéciaux français et autres barbouzières parisiennes dont le plus clair de l'activité passait pour consister à s'espionner mutuellement et à multiplier les crocs-en-jambe entre membres des différentes obédiences. A l'image de leurs ancêtres les Gaulois, les Français commencent en priorité par se chamailler entre eux avant toute autre activité.

Dans la pratique, la rumeur publique affirmait que toutes les chambres et tous les lieux de réunion de la poignée de grands hôtels étaient « sonorisés » au moins par un des services, parfois par plusieurs en même temps.

Pure affabulation car un tel dispositif aurait requis des effectifs pléthoriques, mais il n'y avait jamais de fumée sans feu. En admettant qu'une seule chambre soit écoutée dans tout Libreville, personne ne pouvait affirmer qu'il n'hériterait pas justement d'elle...

Au bout d'une longue minute d'observation, n'ayant rien remarqué de suspect, Georges Lacom se redressa à demi et reprit sa progression dans l'obscurité. Obliquant sur la gauche, il évita le terre-plein de graviers qui auraient pu crisser sous ses pas. Longeant les cuisines, il passa sur l'arrière de la salle principale, s'immobilisa à l'angle du mur, recommença à avancer jusqu'à une porte qui se découpait en plus foncé trois mètres plus loin.

La clé qu'il possédait actionna le mécanisme

bien huilé, et il se glissa subrepticement à l'intérieur, repoussant derrière lui le battant sans le refermer. Un très bref coup de lampe électrique lui montra qu'il ne risquait pas de buter sur un obstacle abandonné sur le sol.

La climatisation avait été arrêtée. Seuls fonctionnaient le réfrigérateur, le congélateur et la chambre froide. Aucun autre bruit ne s'ajoutait à celui des moteurs ronronnant faiblement.

Georges Lacom connaissait parfaitement les lieux. Moins d'une minute plus tard, il pénétrait silencieusement dans celle des deux salles privées qui l'intéressait.

Après avoir attaché la bride de fixation de sa lampe à l'un des boutons de sa chemise-veste, il alluma, marcha jusqu'au siège le plus proche, grimpa dessus pour prendre pied sur la table. Il faillit perdre l'équilibre, se rétablit, transpirant à l'idée qu'il aurait pu dégringoler avec fracas. La chute idiote !

Levant alors les mains au-dessus de sa tête, il atteignit le gros lustre rustique en bois et métal, décolla à tâtons le minuscule magnétophone transistorisé qu'un aimant incorporé maintenait dissimulé derrière un rebord en fer. Ses doigts habiles ramenèrent la petite boîte en plastique qu'il enfouit dans sa poche. Conservant son autre main levée, il arrêta le léger mouvement d'oscillation que le lustre avait pris.

Parfait ! Si le magnétophone était encore là, cela voulait dire que personne ne s'en était rendu compte. Il n'y avait aucune raison pour qu'il n'ait pas fonctionné correctement...

Georges Lacom redescendit en prenant garde

de ne pas faire basculer le siège instable. Il venait de reposer les pieds sur le sol quand une voix s'éleva dans son dos.

Un murmure, mais sec et impératif...

– Les mains en l'air! Je te signale que mon pétard est muni d'un silencieux et que tu ne t'entendras même pas mourir!

Georges Lacom se sentit paralysé par un froid subit. La catastrophe! La voix appartenait à un Africain, mais il était sans doute vain d'espérer une quelconque solidarité raciale. Comme il se retournait, le faisceau d'une puissante lampe torche lui arriva en plein visage.

– C'est donc bien toi la salope de service...

Une constatation plus qu'une surprise.

Clignant des yeux, Georges Lacom réussit à s'accoutumer en partie à la violence de la lampe braquée vers lui. L'autre n'avait pas menti et tenait fermement un automatique prolongé par une sorte de gros oignon de métal. L'ensemble avait vilain aspect et ne tremblait pas.

– Avance!

La gorge serrée, Georges Lacom obtempéra lentement. Il se sentait pris au piège, une véritable chausse-trape dont il avait très peu de chances de sortir vivant.

L'homme qui le menaçait était sans aucun doute l'un des cinq officiers qui avaient dîné dans la salle. Le fait qu'il se trouve là signifiait que son sort était déjà réglé.

– Je ne comprends pas... Vous êtes un cambrioleur? Vous ne pouvez pas...

Seul espoir, jouer au « pauv' nèg' » qui panique devant un compatriote évolué.

Le rire sarcastique qui s'éleva équivalait à une condamnation sans appel.

– Cela se passera vite ! Maintenant, cesse de faire l'imbécile et tourne-toi !

Georges Lacom sut ce qui allait se passer. L'autre allait l'assommer pour récupérer le magnétophone et le liquiderait ensuite froidement. A moins qu'il ne l'embarque discrètement pour lui faire cracher à qui il devait remettre l'enregistrement avant de le supprimer.

Crispé, il pivota et attendit le coup, les mains à hauteur des épaules. Un double filet de sueur lui coulait dans le dos. Sa respiration sifflait comme une forge.

Lorsque la lampe ébaucha un déplacement et que son ombre s'éloigna vers la droite, Georges Lacom sut que l'automatique se levait pour s'abattre sur son crâne.

Désespérément, misant tout dans cette estimation, il se retourna vivement en esquivant.

Il ne s'était pas trompé. Le canon de l'arme décrivit un arc de cercle dans le vide en lui frôlant l'épaule. Déjà, il avait croché le poignet tenant l'automatique. Il le tira vers lui en le tordant de toutes ses forces décuplées par la certitude que l'un ou l'autre ne sortirait pas vivant de ce combat. Les doigts agrippés sur la manche de son adversaire, il donna une nouvelle impulsion sur le bras armé. En même temps, soufflant sous l'effort, il lança brusquement une jambe en barrage.

Surpris par l'extrême vivacité de l'attaque, déséquilibré, l'officier lâcha sa lampe et bascula en arrière.

Cramponné à lui, Georges Lacom l'accompagna dans sa chute, continuant à tordre le bras autant qu'il le pouvait. Même foudroyé, il aurait maintenu sa prise. Avec une immense satisfaction, il s'aperçut que les doigts s'ouvraient et laissaient échapper l'automatique.

Emmêlés de façon confuse, ils roulèrent l'un sur l'autre en s'éloignant de l'arme.

Une lutte sans merci s'engagea alors. Ils savaient tous deux qu'ils devaient éliminer l'autre, le plus vite possible, sans quartier. L'un comme l'autre, ils se battaient de la manière la plus sauvage, la plus féroce.

Préoccupés de causer le moins de bruit possible, ils se martelèrent sans pitié, recherchant le coup interdit susceptible d'emporter la décision. Ils n'étaient plus que deux bêtes luttant pour tuer. Dans le silence de la salle, le sourd halètement de leur respiration heurtée était interrompu sans arrêt par les grondements de rage et de douleur ponctuant chacun de leurs coups. Ils avaient l'impression que cela durait depuis une heure.

Etroitement enlacés, ils ne pouvaient se relever. Leur furieux combat au corps à corps les amena au centre de la pièce contre les sièges, puis ils roulèrent dans la direction d'une des fenêtres avant de buter dans l'angle du mur, également hors d'haleine.

En position défavorable, Georges Lacom ne put esquiver un furieux coup de genou dans le bas-ventre. Sa respiration s'arrêta, bloquée net. Abruti de douleur, il relâcha sa prise.

L'officier en profita aussitôt pour lui bourrer

brutalement les côtes, frappant comme un sourd comme pour les défoncer et les briser. Georges Lacom comprit qu'il était perdu. Les yeux jaillissant hors des orbites, il chercha désespérément de l'air, encaissa deux formidables chocs dans la poitrine et eut l'impression que ses poumons s'aplatissaient. Au hasard, ses doigts crochèrent le larynx de son adversaire. Il mobilisa ses dernières forces. L'officier cessa de le marteler pour essayer de se libérer de l'étau qui lui meurtrissait la gorge.

Une occasion qui ne se représenterait pas ! Mettant à profit ce bref répit, Georges Lacom abattit son autre main tendue, sentit le cartilage nasal craquer sous l'impact. Poussant son avantage, il réussit à serrer le tranchant de son poignet contre l'une des carotides, saisit le col de la chemise et prit appui d'un mouvement violent vers l'intérieur.

L'officier battit l'air pour tenter d'écarter la douleur atroce qui avait jailli et pour aspirer l'oxygène qui lui faisait soudain défaut. Sa seule chance de sortir de l'étranglement était désormais de se lancer en arrière. Une fois de plus, les deux hommes roulèrent l'un sur l'autre, mais Georges Lacom se retrouva au-dessus, en position dominante.

De tout son poids, il pesa sur la gorge désormais sans défense, ruisselant de transpiration, gémissant et ahanant. La douleur lui irradiait le ventre, mais ses poumons s'étaient remis à fonctionner bien qu'il eût la certitude que la moitié de ses côtes étaient fracturées.

Il ne sut pas combien de temps il poursuivit

son étranglement forcené. Au bout d'une éternité, il se rendit compte qu'il était toujours à cheval sur son adversaire et continuait à lui enfoncer ses doigts raidis dans le cou.

Sous lui, les mouvements désordonnés avaient cessé. Il ne se battait plus que contre un cadavre...

Courbé par la souffrance qui le taraudait, Georges Lacom parvint à desserrer sa prise, se releva en s'appuyant au mur, souffla longuement et douloureusement. La lampe torche était restée allumée et éclairait le fond de la salle. Il tituba pour aller l'éteindre, s'aperçut que la sienne ne fonctionnait plus.

Il fut saisi par la crainte que la bagarre n'ait été entendue et n'attire du monde, mais le restaurant et ses abords demeuraient silencieux. Apparemment, les grognements et les coups n'avaient réveillé personne.

Anxieusement, Georges Lacom vérifia que le magnétophone était toujours dans sa poche. L'appareil ne paraissait pas avoir trop souffert, et la mini-bande magnétique devait être intacte. Il ramassa l'automatique muni du silencieux, vérifia qu'une balle était bien engagée dans le canon, décida de le conserver à portée de main, résolu à s'en servir.

Au départ, son intention était de se contenter de récupérer le magnétophone. Maintenant qu'il avait un cadavre sur les bras, il devait effacer la moindre trace de son passage, et en particulier ses empreintes digitales.

La police gabonaise n'avait pas la réputation d'être peuplée d'aigles. A tel point qu'on avait dû désarmer les agents pour les empêcher de se fusiller entre eux à la première occasion. Sans parler des éventuels dégâts dans la population.

On ne regarde pas impunément des justiciers tirer sur des voitures en fuite à longueur de feuilletons télévisés...

Il suffisait que l'exception confirmant la règle soit justement de service pour que Georges Lacom se retrouve avec une inculpation de meurtre sur les reins.

Par exemple, un jeune inspecteur frais émoulu d'un stage de dactyloscopie et brûlant d'étaler sa science toute neuve devant les autres flics.

En dépit du temps que cela lui faisait perdre, Georges Lacom entreprit d'essuyer méthodiquement tous les objets qu'il se souvenait avoir touchés. Il remonta même sur la table afin de passer son mouchoir sur les parties métalliques du lustre susceptibles de conserver l'empreinte d'un de ses doigts.

Son bas-ventre, son abdomen et ses côtes continuaient à lancer des rafales d'ondes douloureuses qui se répercutaient dans son corps et son cerveau, mais il serrait les dents avec obstination. Il était vivant ! Cela suffisait à le soutenir.

Un gros problème se posait déjà. Selon toute probabilité, le mort était demeuré embusqué près de la salle parce que ses compagnons et lui ne nourrissaient que de simples soupçons et qu'ils voulaient vérifier si leur méfiance était fondée. Autrement, leur premier souci aurait été de faire disparaître le magnétophone et la bande hautement compromettante pour eux.

Une idée frappa subitement Georges Lacom. Ils

avaient pu effacer l'enregistrement et laisser l'engin en place afin d'acquérir une certitude absolue quand il viendrait le récupérer.

Ne l'avaient-ils pas déjà identifié ? Il y avait peut-être un ou deux autres hommes planqués à l'extérieur, prêts à lui sauter dessus quand il ressortirait. Cette perspective lui donna la chair de poule. Une rigole de sueur malsaine s'insinua dans son cou.

Il lui était pourtant impossible de rester toute la nuit caché dans le restaurant. Même si on l'attendait dehors, il devait tenter de filer au plus vite. C'était le seul moyen de donner quelque crédibilité à l'alibi qu'il avait prévu en cas de pépin.

Les tempes bourdonnantes, Georges Lacom faillit sortir en oubliant d'essuyer la lampe de l'officier qu'il avait manipulée pour l'éteindre. Oubli impardonnable ! Il y remédia aussitôt, s'accorda une vingtaine de secondes de réflexion, ne trouva rien d'autre.

Normalement, l'officier avait surimposé ses propres empreintes sur la poignée de la porte, mais il préféra l'essuyer pour plus de sûreté. Le cœur battant la chamade, il gagna l'issue par laquelle il était entré. Pas besoin de se donner la peine de refermer à clé puisqu'on allait découvrir le cadavre...

La minute de vérité était arrivée. Pistolet au poing, l'index sur la détente, Georges Lacom se jeta à l'eau et sortit rapidement. Autant en terminer s'il était attendu !

Aucune balle ne le frappa, personne ne lui tomba dessus pour l'assommer ou le poignarder quand il se glissa promptement le long du mur pour longer les cuisines et contourner les graviers du terre-plein.

Le visage et les reins trempés, n'en croyant pas sa chance, il fut bientôt à trois mètres de la barrière de ciment.

C'est alors qu'il entendit et distingua le véhicule qui descendait en roue libre du carrefour de l'église Saint-André, moteur coupé et tous feux éteints.

Une fourgonnette de la gendarmerie!

CHAPITRE

5

GEORGES LACOM eut l'impression que son sang se solidifiait, et son premier réflexe fut de prendre ses jambes à son cou pour courir jusqu'au restaurant proprement dit et s'enfuir en sautant dans le jardin de la propriété voisine.

Le plus sûr moyen de se faire repérer ! Il parvint à conserver le contrôle de ses nerfs et s'aplatit sur le sol, secoué par un tremblement incoercible, le regard brouillé par la transpiration qui coulait de ses sourcils le long de son nez.

La gorge nouée, sèche comme de l'amadou, il s'efforça de se convaincre qu'il s'agissait d'une simple coïncidence. La caserne de la gendarmerie était située non loin de là sur le boulevard Quaben, entre les 90 Logements et la prison. La rue

Kringer était le plus court chemin pour descendre jusqu'au quartier de Batterie IV et jusqu'au front de mer. Il y avait en outre l'ambassade soviétique tout en bas, ainsi que de nombreuses villas propres à éveiller la convoitise des bandes de cambrioleurs organisés.

Les gendarmes effectuaient peut-être une patrouille de pure routine avant de poursuivre leur surveillance en direction du *Dialogue* et de l'aéroport...

Lentement, la fourgonnette arriva à la hauteur de la *Cochinchinoise* et continua à descendre la rue en pente sans s'arrêter, feux de stop allumés. A défaut d'utiliser le frein moteur, le conducteur était obligé d'appuyer sur la pédale pour éviter de prendre trop de vitesse.

Littéralement en eau, Georges Lacom déglutit péniblement à plusieurs reprises. Il se sentait vidé, aussi moulu que s'il avait été malaxé par une bétonnière. Il avait hâte que la nuit se termine. Ou il allait finir par mourir de peur avec toutes ces émotions.

Il attendit deux longues minutes après la disparition de la fourgonnette vers le bas de la rue. Après le chuintement léger des roues sur le revêtement du sol, le quartier s'était replongé dans un silence profond. Il ne perçut que le ronflement d'un moteur sur l'autoroute du bord de l'eau. Le chauffeur ignorait qu'il existait une limitation de vitesse ou s'en fichait éperdument. Ce qui était le cas d'une bonne moitié des habitants de Libreville, même en plein jour.

Ramassant les miettes de son courage, Georges Lacom se releva, escalada la barrière de ciment et remonta rapidement vers le haut de la rue. Il s'aperçut alors qu'il tenait toujours l'automatique à la main, jura entre ses dents, le glissa dans sa ceinture pour le dissimuler.

S'il avait croisé un piéton attardé ou un véhicule roulant avec ses lumières, il n'aurait pas eu l'air fin !

Sa voiture, une vieille 4L rongée par l'humidité et à bout de souffle, était garée sur le boulevard Quaben en face de la clinique. Tout en la rejoignant, il se retourna à plusieurs reprises pour s'assurer qu'il n'était pas suivi. A cette heure de la nuit, il était facile de s'en rendre compte. L'absence d'ange gardien attaché à ses basques lui redonna espoir. En définitive, il avait peut-être frôlé la mort, mais ses chances de s'en tirer grandissaient à chaque pas. A condition d'observer la plus stricte vigilance et de se garder de toute imprudence, nul ne pourrait remonter jusqu'à lui. Encore moins prouver qu'il avait tué l'officier.

Aucun piège n'avait été tendu à proximité de la voiture. Une fois au volant, Georges Lacom hésita à démarrer pour rejoindre le boulevard Léon M'Ba et le centre par l'intérieur. Il décida au contraire de descendre jusqu'au *Dialogue* et de prendre vers l'aéroport.

Une vérification s'imposait avant tout autre chose.

A l'origine, il devait se contenter de placer le magnétophone dans la salle à manger et de le reprendre pour le remettre à son destinataire.

En se gardant bien d'écouter la conversation qui avait été enregistrée. Moins il en saurait, mieux il se porterait.

Le problème cependant n'était plus le même depuis l'intervention de l'officier. Georges Lacom avait besoin de savoir si l'appareil avait normalement fonctionné ou si les autres avaient effacé l'enregistrement. Auquel cas, cela signifierait qu'il était personnellement grillé et qu'il ne lui restait plus qu'à filer très vite le plus loin possible.

De manière accessoire, si son « employeur » cherchait à le supprimer pour couper toute piste aboutissant jusqu'à lui, le fait d'indiquer qu'il connaissait la teneur de l'enregistrement et qu'il avait pris ses précautions par écrit, constituerait un gage certain de longévité.

Ou bien une liquidation immédiate pour cause de trahison caractérisée...

A l'époque où Libreville s'apprêtait à accueillir le dernier sommet de l'Organisation de l'Union Africaine, afin d'honorer dignement tous les chefs d'Etat conviés à la réunion, l'autoroute côtière avait été « refaite, élargie et améliorée ». La capitale gabonaise s'étirant sur des kilomètres le long du rivage et les différents quartiers n'étant desservis que par un seul boulevard parallèle, il en était résulté d'invraisemblables embouteillages pendant plusieurs mois.

L'amélioration était certes perceptible, mais la terre sablonneuse recommençait parfois à envahir les chaussées séparées et de brusques affaissements avaient tendance à se manifester après des tornades un peu violentes. On pouvait se demander ce que cela deviendrait dans deux ou trois ans, c'est-à-dire bien avant que le Gabon retrouve la présidence de l'OUA qu'il occupait d'ailleurs encore.

Après le Lycée technique Albert Bernard

Bongo, Georges Lacom tourna pour s'engager dans le chemin conduisant au *Tropicana* au milieu de grands cocotiers. Il jeta un nouveau coup d'œil méfiant dans son rétroviseur et s'arrêta à peu près à mi-distance.

Comme il avait pu le constater, le mini-magnétophone avait vaillamment supporté la bagarre. Un des axes devait être légèrement faussé, mais la bande consentit à se rembobiner sans trop rechigner. Passant ensuite sur écoute, Georges Lacom approcha le petit haut-parleur de son oreille.

Cela n'avait rien à voir avec de la stéréophonie réalisée en studio, mais c'était néanmoins à peu près audible malgré un fort bruit de fond qui noyait les paroles et les sons.

Premier élément positif, les dîneurs ne se doutaient pas qu'ils étaient « sonorisés » puisque l'enregistrement n'avait pas été effacé. L'intervention du mort avait été certainement fortuite, et Georges Lacom se sentit considérablement soulagé.

Au début, les convives semblaient éprouver quelques réticences à aborder le sujet de leur petite réunion de famille. D'autre part, la bobine était prévue pour un enregistrement de près de deux heures, avec mise en marche automatique au son, et s'était entièrement déroulée.

Plutôt que de tout passer du début jusqu'à la fin, Georges Lacom entreprit d'auditionner au hasard, rembobinant à grande vitesse entre deux séquences.

Malgré la mauvaise qualité et les interruptions successives chaque fois qu'un serveur pénétrait dans la salle à manger, il put se faire rapidement une idée du sens général de la conversation.

Entretien édifiant !

Même s'ils utilisaient des prénoms conventionnels pour s'exprimer entre eux et un code pour désigner d'autres personnes, les officiers évoquaient ni plus ni moins un coup d'Etat pour s'emparer du pouvoir au Gabon...

Mode de succession on ne peut plus banal en Afrique, sans oublier les innombrables tentatives de putsch avortées, qui sévissaient dans tous les pays à l'exception de quatre ou cinq.

Le Gabon était l'un d'eux, mais on n'osait même plus les citer de peur de vexer tous ceux qui changeaient de président avec la même facilité qu'on se débarrasse d'une bouteille non consignée.

Jadis réputée pour ses juntes à répétition, l'Amérique du Sud apparaissait désormais comme un modèle de stabilité. Quand un chef d'Etat africain prenait l'avion pour rendre visite à un de ses homologues, il n'était jamais certain de l'identité de celui qui l'attendrait à son arrivée.

En même temps, il se demandait toujours s'il ne trouverait pas son successeur déjà installé à sa place au moment du retour...

D'où l'indiscutable faveur dont jouissaient les comptes numérotés en Suisse. A l'image des hôteliers disposant de trois mois d'été pour assurer leur subsistance de l'année, chefs de gouvernements et ministres de certains pays avaient un an devant eux, statistiques à l'appui, pour mettre de côté de quoi vivre à l'abri du besoin le reste de leurs jours.

Georges Lacom n'était pas au bout de ses surprises. A en croire un des officiers, la conjuration bénéficiait du soutien direct de la CIA et pouvait compter sur une aide américaine massive dès qu'elle serait au gouvernement !

Incroyable, mais pourtant vrai puisque les quatre autres semblaient trouver ça normal et qu'aucun n'avait manifesté le plus petit soupçon d'étonnement.

Le détail du complot était peut-être mentionné dans les portions de bande que Georges Lacom avait sautées, à moins qu'il n'ait été abordé qu'après que la bobine soit arrivée en fin de capacité ou qu'il fasse l'objet d'un réunion ultérieure.

Aucune importance. Ce qui comptait, c'était de savoir que le Gabon était, lui aussi, atteint par le virus du putsch et que Washington était prêt à pousser à la roue.

Georges Lacom fit défiler la bande jusqu'au bout comme s'il ne l'avait pas écoutée. Le magnétophone lui brûlait les doigts. Il avait hâte de s'en débarrasser au plus vite.

Et d'oublier ce qu'il avait entendu.

Beaucoup trop explosif pour un homme doué de bon sens.

*
**

Juste après le nouveau bâtiment ultra-moderne des Affaires étrangères et la route conduisant au magasin à grande surface Mbolo, se dressait la petite colline où se regroupait le quartier général des missions catholiques.

La cathédrale, l'archevêché, un séminaire, plusieurs écoles religieuses, une grande imprimerie, un centre d'apprentissage de mécanique et de maçonnerie constituaient une sorte de Vatican modèle réduit sous l'Equateur.

Le plus curieux était toutefois le groupe de trois gisants de pierre, devant l'entrée de l'église ancienne, abritant les dépouilles des trois premiers grands évangélisateurs de l'Afrique noire francophone.

Après s'être garé au début de la montée longeant la nouvelle cathédrale, Georges Lacom continua à pied jusqu'au petit terre-plein où les trois sarcophages clairs étaient alignés dans le noir. Il ne craignait aucune mauvaise rencontre. L'endroit était bien fréquenté et les prêtres possédaient généralement un bon sommeil. En cas d'insomnie, ils lisaient plutôt leur missel au lieu d'aller se promener dans l'obscurité.

Une cavité existait sous le couvercle en rebord d'un des trois monuments funéraires. Georges Lacom y glissa la minuscule bande magnétique enveloppée dans une petite pochette de plastique.

Il s'était déjà débarrassé du magnétophone dans une des bouches d'égout de l'autoroute. Il ne lui restait plus qu'à faire en sorte que sa présence à la *Cochinchinoise* ait été impossible une demi-heure auparavant...

Délaissant l'autoroute, il prit le boulevard Monseigneur Bessieux perpendiculairement au rivage afin de rejoindre le quartier de Derrière l'Hôpital, puis le stade, sans passer par le centre ni devant la police.

Après réflexion, bien que cela représente un risque sérieux, il avait préféré conserver momentanément l'automatique du mort. Tant qu'il n'aurait pas la certitude d'être hors de danger, il voulait pouvoir se défendre autrement qu'à mains nues.

Une fois suffisait...

Georges Lacom habitait dans le quartier populaire d'Akébé, au-delà du célèbre *Moulin-Rouge* où les filles avaient la réputation de ne pas se montrer abusivement vertueuses.

Ce n'était pas le grand luxe, mais la petite rue parallèle à l'avenue Gouverneur Yves Digo était discrètement accessible à pied par l'arrière.

Eventuellement pratique pour déguerpir...

Abandonnant sa voiture à l'angle de la rue Marc N'Doumé, pistolet glissé dans sa ceinture, il se coula sans bruit au milieu des maisons endormies. A travers les cloisons de bois filtrait parfois un ronflement. Un chien jappa un peu plus loin.

Progressant entre deux baraques au toit de tôle ondulée, il fut bientôt en vue de la sienne, de l'autre côté de la rue, s'avança jusqu'à l'angle pour tendre prudemment le cou afin de l'observer en enfilade.

Quelques véhicules stationnaient sans grand ordre. A l'avant d'une conduite intérieure arrêtée à une trentaine de mètres, l'extrémité d'une cigarette rougeoya un court instant.

Georges Lacom ne chercha pas à en savoir plus. Le guetteur n'était peut-être pas là pour lui, mais il ne tenait pas du tout à aller le lui demander. Il battit en retraite aussi silencieusement qu'il était arrivé, retourna récupérer sa 4L décrépite et repartit.

Cinq minutes lui suffirent pour contourner le quartier de Peyrie et gagner Petit-Paris. Il se gara à proximité du marché et continua à pied jusqu'au petit immeuble où habitait Florence Mori. La clé se trouvait toujours au-dessus du chambranle de la porte, là où il l'avait placée en partant pour se rendre à la *Cochinchinoise*. Il ouvrit et entra.

Florence Mori s'était endormie, mais l'entendit. Elle se réveilla.

– J'avais fini par croire que tu ne reviendrais pas, reprocha-t-elle.

C'était une métisse plutôt bien fichue, passablement garce, mais sur laquelle il pouvait compter en cas de besoin. Il l'avait tirée d'un très gros pétrin et elle ne l'oubliait pas.

– J'ai été un peu retardé, dit Georges Lacom. Mais il vaut mieux que tu saches que tu ne t'es pas endormie une seule seconde et que je ne t'ai pas quittée un instant.

Elle comprenait vite et le montra.

– Nous avons fait l'amour sans arrêt et tu ne m'as pas laissée fermer l'œil, assura-t-elle. Même si on me brûle la plante des pieds, je n'en démordrai pas.

Puis, elle demanda simplement :

– Un ennui ?

Georges Lacom savait que son attitude ne varierait pas s'il lui racontait ce qui s'était passé, mais il préférait ne pas l'alarmer.

– Pas vraiment, éluda-t-il. Mais cela pourrait devenir assez embêtant si je n'étais pas resté tout le temps avec toi...

Brusquement, il sentait la douleur se réveiller dans ses côtes, dans son abdomen, et éprouvait le poids d'une immense fatigue. Le contrecoup après les émotions qu'il venait de connaître... Il avait l'impression d'être plus vidé que la mamelle pendante d'une vieille Pygmée.

Florence Mori feignit de ne pas remarquer l'automatique ni les traces de coups quand il se déshabilla pour s'allonger auprès d'elle dans le lit.

– Laisse-moi faire, murmura-t-elle.

Doucement, avec une lenteur experte, elle entreprit de masser ses muscles durcis.

Tout d'abord, rien ne se produisit. Elle devint alors plus précise. Bientôt, il apparut de manière ostensible et irréfutable que Georges Lacom était parfaitement apte à lui rendre le service qu'elle attendait de lui.

Bonne fille, afin de lui éviter de se fatiguer plus, Florence Mori se dressa à demi pour s'allonger sur lui et le chevaucher, toute disposée à travailler pour deux.

Une copine aussi dévouée, on n'en rencontrait pas à tous les coins de rue...

***

Le lieutenant Jean-Simpley Nzogo reposa lentement son téléphone, perplexe et soucieux.

Son correspondant venait de lui confirmer que le cadavre découvert dans une des salles à manger de la *Cochinchinoise* était bien celui d'un officier subalterne gabonais connu pour ses opinions très à droite, quelque peu francophobes et pro-américaines.

De son passage aux services spéciaux officiels, Jean-Simpley Nzogo avait conservé quelques amitiés parmi les barbouzes locales travaillant la main dans la main avec leurs homologues français. Quand ce n'était pas directement pour leur compte.

Un certain nombre d'informateurs de confiance émargeaient par ailleurs discrètement à sa caisse noire alimentée par la présidence, mais c'était une autre histoire.

Machinalement, Jean-Simpley Nzogo fourragea dans sa chevelure crépue pour se gratter le sommet du crâne. Il ne parvenait pas à intégrer les morceaux de puzzle en sa possession dans un ensemble cohérent.

Passe qu'un officier aille se faire assassiner nuitamment dans un restaurant désert ! Cela regardait la police et la gendarmerie si quelque sombre manigance pécuniaire se cachait derrière. Passe aussi que l'intéressé préfère les Américains aux Français. C'était son droit le plus strict à condition de rester dans des limites acceptables.

L'ennui, c'est que plusieurs rumeurs bizarres circulaient sous le couvert depuis quelques jours. Il y était beaucoup question d'Américains, même si cela ne reposait sur rien de vraiment précis. De vulgaires racontars, sans plus.

Depuis l'intervention française au Shaba et la mise en action des avions-cargos américains pour transporter les troupes et assurer la logistique, on murmurait que Washington n'avait pas l'intention d'en rester là et nourrissait le dessein de s'engager de façon beaucoup plus ouverte et massive.

Des officiers et des politiciens pouvaient être tentés de saisir cette occasion de dégager le Gabon de « l'assistance » française pour être les premiers à recueillir la manne américaine et les torrents de dollars qui l'accompagneraient.

Une affaire à suivre de très près...

CHAPITRE

6

ENRIQUE SAGARRA etait aux anges. L'amour avait encore raffermi et gonflé les seins de Marylène. De vraies petites mongolfières. Chaudes et douces. Un rêve...

Et puis, il y avait le reste, tout le reste. Volcanique, exigeante et experte, la jeune femme pratiquait la vertu rare de l'altruisme. Elle prenait son plaisir plutôt deux fois qu'une, mais elle veillait aussi à ce que son partenaire reçoive sa juste part. Attitude délicate et de plus en plus rare par les temps qui couraient.

Le cœur en joie, Enrique fredonnait intérieurement la chanson bien connue : « Tout est bon chez elle, y a rien à jeter... »

Tout à fait de circonstance !

Il n'y avait qu'une seule ombre au tableau. Marylène séparait scrupuleusement plaisir et travail. Jusqu'à présent, Enrique n'avait pas réussi à lui arracher le nom de celui qui avait obtenu l'information sur le débarquement des caisses d'armes réceptionnées par les soldats gabonais. Elle n'en avait pas le droit, et c'était contraire à la sécurité du réseau. Si Enrique tenait à tout prix à le savoir, il n'avait qu'à s'adresser au résident. Il verrait bien ce que celui-ci lui répondrait.

L'ennui, précisément, c'est qu'Enrique avait reçu des instructions très précises lui enjoignant de ne contacter le chef d'antenne à Libreville que pour des raisons urgentes, vitales. Il avait donc dû se borner à expédier un rapport à l'autorité supérieure. Comment découvrir à qui les armes étaient destinées si on ne lui en fournissait pas les moyens ?

Depuis qu'il avait « expérimenté » Marylène, il n'était pas tellement pressé d'obtenir une réponse. La jeune femme débordait réellement d'imagination. Huit jours au moins seraient nécessaires pour épuiser le sujet. Et autant avant de commencer à avoir envie de changer de panorama.

On finit toujours par se lasser un peu des meilleures choses...

Pour l'instant, Enrique n'en était pas encore là. Après la courte période de repos qu'ils s'accordaient à la suite d'un round prolongé, le spectacle des seins de Marylène était en train de lui donner un regain de vigueur incontestable.

Entre ses cils mi-clos, elle s'aperçut de la transformation qui s'opérait. Elle rit, mais se glissa hors du lit avant que les événements n'aient pris un nouveau cours irréversible.

– Pas possible, tu es increvable! s'exclama-t-elle en riant, admirative. Mais j'ai soif et j'ai faim ! Laisse-moi deux minutes pour prendre une douche...

Elle s'éclipsa dans la salle de bains, et l'eau se mit à couler. Enrique songea à la rejoindre en prétextant le même désir de se rafraîchir le corps. Ça pourrait être amusant sous la douche...

Elle ne lui laissa pas le temps de se décider et ressortit presque tout de suite, encore ruisselante, drapée dans un léger peignoir en éponge blanche qui s'arrêtait à mi-cuisses. Après s'être servi une coupe de *Dom Perignon,* elle inventoria du regard le repas froid préparé sur la table.

– Tu devrais venir reprendre des forces, suggéra-t-elle.

Puis, d'une voix transformée, redevenue nette et précise, elle ajouta :

– Nous avons aussi à parler...

Enrique devina que les réjouissances étaient terminées, au moins pour cette partie de la nuit.

– Les grands mystères ont pris fin ? ironisa-t-il en descendant du lit.

Cependant qu'elle choisissait une épaisse tranche de rosbif rhodésien, il enfila son pantalon et alla s'asseoir en face d'elle.

– Je te sers? proposa Marylène. Que veux-tu ?

Enrique secoua la tête.

– Merci. Je préfère t'écouter.

La jeune femme découpa un morceau de viande à la mesure de son appétit.

– Tu voulais savoir qui avait assisté au débarquement des caisses d'armes, déclara-t-elle. Je vais te le dire.

Un suspense intervint pendant qu'elle mastiquait sa bouchée à belles dents. Convaincu qu'elle l'entretenait délibérément pour exciter son impatience, Enrique mit un point d'honneur à rester impassible.

– C'est un Allemand, finit par indiquer Marylène au bout d'un instant. Il s'appelle Karl Model et travaille au port d'Owendo. On m'a donné le feu vert pour que tu le rencontres...

⁂

Le *Son des Guitares* était un des night-clubs de Libreville où les noctambules de tous poils et les broussards venant se défouler dans la capitale pouvaient s'abreuver de scotch et de musique jusqu'à l'aube. Aucune exclusive. Il suffisait d'avoir de quoi payer les consommations.

Situé sur le front de mer, au-delà de la gendarmerie maritime et de la vedette de la brigade nautique exposée à sec sur son socle en béton, il se signalait par son enseigne lumineuse représentant une guitare. Ce n'était pas d'une originalité fracassante, mais on avait du moins la certitude de ne pas se tromper.

Important quand on promenait déjà un antécédent d'une dizaine de verres...

Régulièrement, le quotidien *l'Union* exhortait à la tempérance et publiait de doctes tableaux comparatifs sur la teneur en alcool des différentes boissons. A en juger par l'haleine des conducteurs nocturnes, les résultats étaient troublants. Les neuf dixièmes de la population, Africains aussi bien qu'Européens, devaient être analphabètes !

En matière d'accidents, le spectaculaire le disputait au sanglant. La palme revenait à un groupe d'ouvriers travaillant à la construction du chemin de fer. Un soir de paye trop arrosé, une centaine d'entre eux s'étaient entassés sur une énorme grue de chantier « empruntée » pour rejoindre le village dont ils étaient originaires. L'héroïque équipée s'était achevée dans un ravin. Plus de quarante morts !

La circulation diurne autorisait cependant tous les espoirs. Sur la piste de Njolé, on ne comptait guère qu'une ou deux épaves irrécupérables au kilomètre...

Juste avant le *Son des Guitares,* en arrivant du centre de Libreville, se trouvait une station-service fermée pendant la nuit. Enrique redémarra après le feu rouge de l'avenue conduisant au Mbolo, effectua les deux appels de phares indiqués par Marylène, continua à vitesse modérée sans s'arrêter.

A Libreville, une station-service sur deux portait la marque *Pizo,* noir sur jaune bouton d'or, société pétrolière gabonaise dont on disait que le capital était réuni dans un très petit nombre de mains très haut placées pour lesquelles il n'existait pas de petit bénéfice.

Celle-ci affichait un label de renommée internationale, ce qui n'excluait pas que les mains en question prélèvent au passage quelques royalties non déclarées.

Un œil sur son rétroviseur, Enrique vit les feux

passer au rouge. Une voiture sortit alors du bateau de la station-service pour le suivre à distance sans chercher à le remonter. Précaution un peu futile... Pour réaliser une filature sur l'autoroute côtière à cette heure de circulation inexistante, il aurait fallu se déguiser en homme invisible.

Enrique n'en continua pas moins jusqu'à la vaste résidence de l'ambassadeur de France. Juste après, en face du haut bâtiment du *Dialogue* donnant directement sur la plage bordée de cocotiers, il vira sur la droite pour escalader le boulevard en pente, freina pour s'immobiliser au-delà du panneau qui devait signaler un arrêt de bus. Il descendit quand la Land-Cruiser qui avait démarré de la station-service stoppa derrière son pare-chocs, et s'approcha de la vitre du conducteur.

– D'habitude, c'est moi qui drague, dit-il. Et seulement les filles.

– Désolé de vous décevoir, répliqua une voix à l'accent allemand. Il faut un début à tout.

Puis, comme si l'échange de ces phrases de reconnaissance avait achevé de le rassurer, Karl Model indiqua la banquette à côté de lui.

– Montez, ajouta-t-il. Nous parlerons aussi bien en roulant.

Pour autant que l'éclairage du tableau de bord permettait d'en juger, c'était un gaillard d'apparence solide, naviguant vers la quarantaine, le masque un peu lourd.

La portière à peine refermée, il recula pour faire demi-tour et reprendre l'autoroute en direction de l'aéroport.

– Je propose qu'on s'appelle Karl et Enrique, ce sera plus simple.

– D'accord...

Une voiture arrivait en face sur l'autre voie, un phare louchant au ras de la calandre et l'autre essayant d'éclairer les nuages. Encore un conducteur qui avait vu deux virages et terminé contre un arbre en prenant le mauvais.

– Pourquoi êtes-vous à Libreville et quels sont vos pouvoirs ? attaqua l'Allemand.

Enrique fronça les sourcils.

– Pourquoi cette question ?

– Commencez par y répondre; je verrai si je vous pose la seconde ou si je vous ramène à votre voiture en vous souhaitant bonne nuit !

D'ordinaire, Enrique n'aimait pas tellement qu'on lui parle sur ce ton. Il s'efforça toutefois de conserver son calme. Inutile de gâcher une mission par susceptibilité. Ce n'était pas tous les jours qu'on lui en confiait une en toute responsabilité.

– Je suis au Gabon parce que Washington suppose qu'il risque de s'y produire des événements préoccupants, indiqua-t-il posément. J'agis parallèlement à l'antenne locale, en pleine indépendance, et n'ai de comptes à rendre qu'à l'échelon supérieur.

– Justement! intervint Karl Model. J'aimerais savoir de quel échelon supérieur il est question et ce qu'il s'apprête à maquiller comme coup fourré dans le pays!

Enrique sentit un signal d'alarme se mettre à tinter dans son cerveau.

– Mettons-nous bien d'accord, répliqua-t-il. Si

le résident a provoqué notre rencontre, c'est que nous marchons la main dans la main. D'autre part, si c'est vous qui avez mis le doigt sur cette histoire d'armes, vous comprendrez que Washington a eu raison d'envoyer quelqu'un.

Les maxillaires de Karl Model se serrèrent, et il resta silencieux deux longues secondes. Finalement, il se tourna à moitié vers Enrique, secouant la tête.

– Je retire mes billes ! décréta-t-il. Je ne marche plus !

– Expliquez-vous ?

Les jointures de l'Allemand se crispèrent sur le volant.

– Ou bien vous êtes dans le coup, et je tiens à vous dire que vous ne me mouillerez pas, affirma-t-il. Ou bien la saloperie a été montée à votre insu, et nous risquons tous de nous retrouver dans le pétrin jusqu'aux yeux. Ce ne serait pas la première fois que l'Agence jouerait sur plusieurs tableaux en même temps sans se soucier de la casse.

– Vous ne pourriez pas être plus clair ?

Karl Model jura entre ses dents.

– Un groupe d'officiers gabonais est en train de fomenter un putsch avec la bénédiction active de la CIA ! lâcha-t-il. Un de mes informateurs m'a fait parvenir l'enregistrement d'une de leurs réunions secrètes. C'est parfaitement clair.

Il lança un regard mauvais à Enrique.

– D'une main, Washington prépare un coup d'Etat et fournit des armes aux conjurés. De l'autre, on fait semblant de découvrir ces mêmes armes afin de pouvoir clamer sa bonne foi si le complot est éventé...

Enrique avait compris que l'Allemand était on ne peut plus sérieux.

– Etes-vous sûr de votre informateur ?

Après le camp militaire et l'aéroport, Karl Model continua sur la petite route parallèle à la longue piste et conduisant vers le cap Estérias. Légèrement sur la droite, brillaient les balises rouges signalant l'obstacle constitué par l'émetteur radio.

Lorsque la Land-Cruiser rebroussa chemin, quelques kilomètres plus loin, Enrique était au courant de l'ensemble et de la plupart des détails. Effectivement, on pouvait se demander si la main gauche de la CIA n'avait pas choisi pudiquement d'ignorer ce que tramait la droite...

– Vous dites que Georges Lacom a disparu et qu'ils ne peuvent pas remonter jusqu'à vous ?

L'Allemand leva la main.

– Ils pourraient certainement m'identifier s'ils réussissaient à mettre la main sur lui, corrigea-t-il. En revanche, la Land-Cruiser dont ils ont probablement relevé le numéro la nuit du débarquement et à propos de laquelle ils ont posé des questions à Owendo ne permet en aucun cas d'aboutir jusqu'à moi. Nuance...

– S'ils ont posé des questions, vous savez donc qui ils sont ?

– Ils ne se sont pas présentés avec un uniforme portant l'insigne de leur unité. Et je n'allais surtout pas me pointer la bouche en cœur pour le leur demander.

– Georges Lacom a peut-être disparu parce qu'ils l'ont coincé ?

– J'en doute. Ils n'auraient pas placé son

domicile sous surveillance. J'ai envoyé quelqu'un pour vérifier. A mon avis, il a pris le large après avoir tué l'officier retrouvé mort dans la salle à manger de la *Cochinchinoise*.

– Aviez-vous pris des dispositions en vue d'un éventuel éclatement en survie ?

Karl Model grimaça.

– Il ne les a pas appliquées...

Deux attitudes s'offraient à Enrique. Ou bien il attendait passivement la suite des événements en les subissant, ou bien il passait à l'action pour tenter de prendre la situation en main.

– Ramenez-moi à ma voiture, décida-t-il. Elle est moins compromettante pour vous que la vôtre. Ensuite, vous me guiderez jusqu'au domicile de Georges Lacom.

⁂

Enrique se glissa sans bruit entre deux baraques en bois. Quelques bestioles disparurent furtivement à son approche. Il s'avança jusqu'à l'angle d'où il pouvait apercevoir la petite rue plongée dans une obscurité d'encre.

Il avait laissé Karl Model à bord de la voiture après s'être fait communiquer le détail des lieux. Inutile que l'Allemand se retrouve grillé si l'histoire prenait mauvaise tournure.

Un agent « action » se remplace facilement ou s'échange discrètement en terrain neutre. Il n'en va pas de même pour un sédentaire obligé de consacrer des mois, voire plusieurs années, à se constituer une couverture solide sur place.

C'est toujours une perte sensible.

Pour toute arme, Enrique disposait de sa corde à piano. D'aspect anodin, elle pouvait donner à penser que son propriétaire aimait la musique.

Munie de deux poignées de bois à chaque extrémité, convenablement maniée, elle se transformait en une redoutable guillotine de poche.

Les jours de grande forme, Enrique trouvait du premier coup le joint entre deux vertèbres. La tête de sa victime roulait alors à terre, proprement décollée.

Immobile dans le noir, plaqué contre la cloison de bois, il entreprit de balayer lentement la rue du regard, s'arrêtant avec insistance sur chaque véhicule.

Le guetteur qu'il espérait localiser lui facilita grandement la tâche. Posté à une vingtaine de mètres sur la droite, il se pencha derrière son tableau de bord pour allumer une cigarette au moyen d'un briquet.

On ne soulignera jamais trop les méfaits du tabac...

CHAPITRE

7

ENRIQUE SE FROTTA mentalement les mains en contemplant le rougeoiement de la cigarette. Un guetteur incapable de s'empêcher de fumer est un mauvais guetteur. D'autre part, le faible éclat de la flamme du briquet lui avait permis de voir que l'homme était seul à l'avant de la voiture.

Un piège était cependant possible. Il pouvait avoir pour mission de se signaler délibérément pendant que d'autres restaient soigneusement tapis dans l'obscurité. Par prudence, Enrique examina de nouveau très scrupuleusement chaque mètre carré de la rue et des espaces ménagés entre les baraques ou sur leur devant.

Rien...

Reculant à l'abri de l'angle, il entreprit de farfouiller à tâtons parmi les débris divers jonchant le sol. Il eut bientôt collecté deux bouteilles de plastique aplaties mais dont le fond n'était pas crevé, se mit en devoir d'y introduire sans bruit de la terre et quelques petites pierres ramassées tout autour. Juste assez pour servir de lest.

Muni de ces projectiles improvisés, il revint tout près de l'angle de la maison. Prenant la première bouteille par le col, il lui imprima un vif mouvement de rotation pour plaquer la terre contre le fond, l'expédia avec force vers l'autre côté de la rue.

Au terme d'une trajectoire en biais invisible dans le noir, la bouteille retomba et rebondit avec des craquements de plastique desséché.

Exactement comme si quelqu'un l'avait écrasée sous sa semelle après avoir buté par mégarde dans un obstacle gisant à terre.

A l'intérieur de la voiture, l'extrémité embrasée de la cigarette avait subitement disparu. Le guetteur avait entendu. Toutefois, il devait se demander s'il s'agissait d'un homme ou simplement d'un chien fouillant dans un tas de détritus.

Enrique avait visé en direction de la maison de Georges Lacom, sans se soucier de l'atteindre. L'important était que le bruit paraisse provenir de là.

Comme le guetteur ne semblait pas décidé à bouger, il attendit un peu plus d'une minute, fit tournoyer la seconde bouteille et l'envoya rejoindre la première.

A l'arrivée, elle dut toucher un bidon d'huile vide ou une vieille casserole percée, car il y eut un son métallique suivi des mêmes craquements de plastique que précédemment.

Un bruit qui pouvait laisser supposer qu'un homme essayait vainement de sauter pour agripper l'encadrement d'une fenêtre située en hauteur. Quelqu'un s'efforçant de rentrer discrètement chez lui sans passer par la porte donnant sur la rue...

Cette fois, le guetteur n'y tint plus. Il fallait qu'il voie ! Descendant de voiture sans claquer sa portière, il traversa la chaussée pour gagner le côté où se trouvait Enrique, s'approcha prudemment en rasant les murs.

Pas très malin !

En prévision de cette éventualité, Enrique avait adapté les poignées de bois à chaque extrémité de sa corde à piano. L'autre aurait voulu lui faciliter le travail qu'il ne s'y serait pas pris autrement. C'était presque trop facile, l'enfance de l'art.

Au moment où le guetteur arrivait à sa hauteur, il n'eut qu'à avancer d'un mètre pour frapper sèchement le poignet armé. Tandis que l'automatique voltigeait, la boucle de la terrible corde s'abattit sur les épaules du type avec un faible sifflement. Il ne restait plus qu'à tirer doucement sur les poignées pour amener le fil tranchant comme un rasoir au contact de la chair tendre du cou.

– C'est encore plus efficace qu'un coupe-coupe, prévint aimablement Enrique dans un murmure. Tu bouges le petit doigt, et ta tête tombe entre tes pieds.

Le malheureux guetteur, un Noir, s'était statufié en tremblant d'effroi. Un gargouillis épouvanté sortait de sa gorge. Il devait rouler des yeux tout blancs.

– Tu recules gentiment entre les deux maisons, ordonna Enrique. Fais attention où tu mets les pieds. Sinon, couic!

Le type s'exécuta en coassant d'une drôle de voix caverneuse.

– Ne me tuez pas... Je n'ai pas d'argent, mais je fais tout ce que vous voulez...

Ils furent bientôt dans la zone d'ombre encore plus dense entre les deux baraques. Même si des phares éclairaient la rue en enfilade, on ne pourrait les apercevoir.

– Je ne suis qu'un pauvre Africain qui rentre chez lui...

A croire que c'était l'Armée du Salut, ou bien les bons pères des Missions, qui lui avaient donné l'automatique pour qu'il puisse regagner son domicile sans encombre.

Enrique ricana.

– Ne te fous pas de moi! Ton nom? Ensuite, qu'est-ce que tu fabriques ici?

Afin de bien montrer qu'il ne plaisantait pas, il opéra une légère traction sur les poignées. La corde s'incrusta un peu plus dans la peau. On n'aurait pas réussi à glisser un cheveu entre les deux.

Le Noir en cessa de trembler, paralysé, plus mort que vif.

– Caporal Bouissoukou, chuinta-t-il imperceptiblement. Je devais surveiller la maison de Georges Lacom et prévenir s'il revenait... J'ai cru qu'il essayait de rentrer par une fenêtre de l'autre côté...

Enrique se félicita intérieurement. Il avait vu juste. Il maintint la corde sans la relâcher.

– Prévenir qui ?

– Il se fait appeler sergent Marien, mais je ne sais pas si c'est son vrai nom... Je devais téléphoner à un numéro qu'il m'a donné et demander à lui parler...

L'armée gabonaise alignait des effectifs très réduits. Tous ses membres devaient se connaître plus ou moins entre eux. A plus forte raison quand il s'agissait d'un sous-officier ou d'un officier.

– Ce numéro de téléphone ?

Le caporal Bouissoukou l'indiqua sans hésiter, et Enrique l'enregistra mentalement.

– Parlons maintenant de ce « sergent Marien » ! Comment se fait-il que tu ignores si c'est son vrai nom ? Tu ne l'avais jamais vu auparavant ?

– Je suis originaire de la province de Ngounié et je suis cantonné à Franceville... J'ai fait mes classes et suivi mes cours d'élève-caporal ici, mais nous étions consignés au camp et nous n'avons eu le droit de sortir que deux fois pendant toute notre instruction...

Maintenant que le robinet était ouvert, Enrique n'avait plus besoin de solliciter le caporal.

– A Franceville, mon chef est le lieutenant Adolphe Guéghet... Je le connais bien parce qu'il est de Mouila et que mon village est à quelques kilomètres... Le cousin de sa tante est aussi un peu le cousin de l'oncle de la femme d'un de mes frères...

L'Afrique n'est qu'une grande famille. Dans les

tribus, tout le monde est toujours plus ou moins le cousin de tout le monde.

– C'est lui qui m'a désigné pour devenir caporal... Il m'a expliqué que mon devoir était de l'aider et que je serais vite nommé sergent dans la nouvelle armée... C'est lui qui m'a fait obtenir une permission exceptionnelle pour que je vienne à Libreville et que je me place sous les ordres du sergent Marien...

Si les conjurés ne disposaient que de recrues de son envergure, le coup d'Etat en préparation risquait de prendre des allures plutôt folkloriques !

Il est vrai qu'on ne demandait pas au troufion de base de savoir manier la table de logarithmes ou les équations différentielles.

Pour s'emparer du palais présidentiel ou prendre d'assaut l'immeuble de la radio, il suffisait qu'il sache tirer au P.M. et qu'il obéisse aux ordres. Ses chefs étaient censés réfléchir à sa place. Il était même préférable qu'il ne se pose pas trop de questions.

Rien de tel qu'un intellectuel pour ergoter et faire échouer une révolution...

– Cette nouvelle armée ? questionna Enrique. Qu'est-ce que c'est ?

– L'armée actuelle dépend entièrement des Français, répondit le caporal. Nous devons la libérer du néo-colonialisme et la rendre véritablement indépendante et nationale...

Noble intention !

– Intéressant, constata Enrique. Explique-moi comment vous comptez procéder.

Mais le Noir se tut, brusquement conscient d'en avoir trop dit. C'était oublier la corde. D'un petit coup, Enrique lui rappela que le fil d'acier ne constituait pas un collier à usage uniquement décoratif.

– Qui va vous aider à mettre les Français à la porte ?

Pas besoin d'insister. La voix, qui avait récupéré un brin d'assurance, reprit aussitôt son ton chuintant et coassant.

– Les Américains... Ils vont nous fournir les armes et le matériel... Le lieutenant Guéghet m'a expliqué qu'il travaillait pour le compte de la CIA...

Enrique grimaça. Il avait encore dans l'oreille les paroles de Karl Model.

– Tiens, tiens ! Ton lieutenant t'a sûrement indiqué le nom de l'Américain avec qui il est en contact ?

– Je ne connais que le sergent Marien en dehors de lui, je le jure...

Ce n'était pas la première fois qu'Enrique utilisait sa corde pour provoquer une confession spontanée. Il savait reconnaître un accent de sincérité, sans erreur.

Le caporal Bouissoukou disait vrai. Une petite entaille, au niveau de la pomme d'Adam, juste suffisante pour qu'il sente la corde couper la peau et quelques gouttes de sang couler, n'amena qu'une réaction de panique et le relâchement soudain des sphincters. Il n'allait pas lui trancher le cou pour ça.

Les quelques renseignements supplémentaires qu'il obtint auraient tenu à l'aise sur la surface d'un timbre-poste. Il n'y avait pas à espérer plus.

– Je devrais te tuer! prononça Enrique d'une voix sinistre.

– Non... Non...

– Comme je ne suis pas méchant, je vais te donner une chance. Je ne te coupe pas le cou, mais tu oublies que tu m'as parlé et tu ne dis rien à personne, même pas à ton lieutenant ou au sergent Marien.

– Je... ne dirai rien...

– Je possède un moyen pour le vérifier, mentit Enrique. Si jamais j'apprends le contraire...

L'émotion avait été trop forte, et il faillit se laisser surprendre quand le Noir piqua soudain du nez. Il eut le réflexe de lâcher les deux poignées, et le corps évanoui s'affala à ses pieds.

Encore un grand sensible!

Tout en se retenant de respirer à cause de l'odeur, Enrique récupéra sa corde, palpa les poches du caporal et ramena une carte plastifiée qu'il examina d'un bref coup de lampe au faisceau masqué entre ses doigts. Le nom et le grade étaient exacts, avec en plus un sigle hermétique correspondant vraisemblablement à l'unité. Il l'enregistra.

Après avoir remis la carte militaire en place, il tâtonna pour retrouver l'automatique, le ramassa et le glissa dans sa ceinture. S'il se révélait que la CIA jouait le double jeu au Gabon, autant disposer d'arguments de choc pour répondre à une éventuelle contre-offensive des « confrères » en question.

Trois minutes plus tard, il rejoignait Karl Model qui l'attendait dans la voiture en manifestant une certaine inquiétude.

– Alors ?

Enrique lui montra l'automatique et le mit rapidement au courant. Le visage de l'Allemand se rembrunit un peu plus.

– Vous voyez bien que je n'inventais rien, fit-il remarquer.

Enrique se contenta d'acquiescer. Il aurait pu rétorquer que les « révélations » du caporal ne prouvaient rien puisque c'était lui, Karl Model, qui l'avait « repéré », et que tous les deux pouvaient être de mèche pour monter une manœuvre d'intoxication commune.

Mais, dans ce cas, pourquoi l'Allemand aurait-il soulevé le lièvre de la livraison clandestine d'un stock d'armes ?

Un bluff supplémentaire pour semer la zizanie à l'intérieur même de la CIA ?

Un remue-ménage assorti de cris et de hurlements venait de s'élever du côté du *Moulin Rouge* et se propageait dans le silence de la nuit. Sans doute une bagarre, à cause d'une fille, en train de prendre les proportions d'une petite bataille rangée.

Enrique actionna le démarreur.

– Connaissez-vous un endroit d'où il soit possible de télégraphier ou d'envoyer un telex à cette heure ?

***

Le lieutenant Jean-Simpley Nzogo touchait du doigt le péril qu'il y avait à constituer à lui seul, un service secret parmi d'autres services qui ne l'étaient pas moins.

Une histoire à risquer beaucoup plus que sa

simple carrière ! Grandeur et servitude de la condition militaire...

Que n'avait-il choisi l'intendance, l'armée de l'air ou les transmissions ? Ou encore, de se faire fonctionnaire dans un organisme international où des coopérants internationaux étaient payés pour effectuer tout le travail ?

Parfois, il enviait presque ceux dont l'activité essentielle consistait à signer des notes officielles et à lire des discours rédigés d'avance dans des réunions d'experts. Il suffisait de prendre l'air inspiré en affectant d'écouter les bavardages des autres, avec de temps à autre une approbation muette et courtoise. Au moins, on voyageait et on logeait dans les plus grands hôtels...

Jean-Simpley Nzogo redescendit sur terre et concentra toute son attention sur la feuille de papier posée devant lui sur son bureau de bois brut, sans fioritures.

Méticuleusement, avec un soin de fourmi inlassable, il avait reporté tous les renseignements obtenus concernant les activités de la CIA au Gabon. C'était à la fois très peu et beaucoup de choses. Un organigramme, constitué de noms entourés par des cercles, eux-mêmes reliés par des flèches, matérialisait l'antenne américaine locale. Du travail d'orfèvre.

Des traits pleins pour les éléments prouvés ou quasiment sûrs, des pointillés pour ceux qui l'étaient moins. Le crayon était réservé aux suppositions pures.

Bien entendu, il devait manquer des ronds et des flèches. Jean-Simpley Nzogo ne se faisait aucune illusion à cet égard...

Une évidence toutefois : même en intégrant les suppositions les plus aléatoires, l'ensemble conservait une structure pyramidale très classique. Cela éliminait pratiquement toute possibilité d'un second réseau greffé sur le premier et fonctionnant en autonomie.

Ou bien l'ensemble était gangrené, ou bien...

Jean-Simpley Nzogo dirigea le bout de sa pointe feutre vers un des ronds. Pour en avoir le cœur net, il fallait attaquer là !

Il savait comment procéder...

CHAPITRE

8

FUSIL EN BANDOUlière, observant chaque nouveau véhicule, le CRS arpentait le trottoir extérieur de l'étage « arrivée » de l'aérogare de Roissy. Il avait l'air de s'ennuyer ferme. Les terroristes s'obstinaient à monter leurs attentats à Orly, peut-être par attrait pour le sud. A Roissy, il ne se passait jamais rien.

Seuls les douaniers étaient à l'honneur, à cause des liaisons avec l'Extrême-Orient et de la drogue que certains passagers naïfs persistaient à vouloir introduire en France par voie aérienne. S'ils avaient lu la presse, ils auraient su que les bagages étaient promenés devant des chiens policiers spécialement entraînés, capables de flairer une seule molécule d'héroïne...

Stephen Boyd montra la longue Chrysler sombre arrêtée à dix mètres du CRS impavide.

– J'ai pris une voiture de l'ambassade pour pouvoir me garer là, dit-il. C'est toujours la plaie d'être obligé d'attendre les ascenseurs et de se perdre dans ce parking tout en rond.

Stephen Boyd était le prototype de la nouvelle vague issue des universités, sérieux et ennuyeux comme un film porno, sûr de lui, le front déjà dégarni. Et ne sachant probablement pas par quel bout tenir un pistolet.

Dans l'ordre des calamités frappant la CIA depuis un certain temps, c'était le rang juste avant les amiraux et autres anciens officiers de marine.

– Vos bagages seront acheminés directement à l'embarquement, ajouta Stephen Boyd. Vous n'aurez donc pas à les enregistrer. Cela nous laisse trois quarts d'heure pour faire le tour de la question.

Il croyait peut-être s'adresser à quelqu'un prenant l'avion pour la première fois !

Hubert Bonisseur de la Bath soupira intérieurement, résigné. Le renseignement nouveau style semblait réservé à toute une catégorie de jeunes forts en thème, sans aucune expérience pratique, refoulés comme des séminaristes et beaucoup moins drôles qu'un congrès de dames patronnesses. Encore heureux quand ils ne portaient pas carrément à gauche, considérant Castro et Mao comme deux grands démocrates épris de libéralisme !

Difficile de s'y faire...

Grand, taillé en athlète, avec de longs muscles

évoquant la puissance et la souplesse de certains félins, Hubert possédait une décontraction naturelle. Ses yeux clairs qui pouvaient être tour à tour ironiques, tendres ou durs, brillaient dans son visage tanné, hâlé par tous les vents. Il ressemblait à un de ces princes pirates vivant uniquement pour l'Aventure.

A Washington, il n'avait eu que le temps de sauter dans le Concorde à destination de Paris. Il savait seulement que sa destination finale était Libreville.

Boyd s'était installé au volant de la Chrysler. Il actionna le moteur et démarra.

– Nous avons un problème au Gabon, expliqua-t-il. Vous êtes chargé de le résoudre.

Hubert s'en serait douté.

– Quel genre de problème ?

Aux dernières nouvelles, les Gabonais se contentaient d'avoir un des plus hauts revenus d'Afrique par tête d'habitant. Ce qui signifiait que les pauvres l'étaient un peu moins que leurs voisins et que les riches l'étaient nettement plus qu'ailleurs.

Sur le plan intérieur, le gouvernement n'était confronté à aucune rébellion ouverte ou larvée. Aucune province ne menaçait de faire sécession, et les adeptes locaux de la révolution prolétarienne ne devaient pas être plus de cinquante ou cent dans tout le pays.

Aucun front de libération identifié ne menaçait de l'envahir de l'extérieur. Le Cubain d'exportation était une denrée encore inconnue dans la grande forêt gabonaise.

– Pour être franc, nous ne le savons pas très

précisément, confia Boyd. Notre antenne nous a transmis des informations qui nous laissent sceptiques. Au départ, il semblerait que tout gravite autour d'une cargaison d'armes dont l'armée gabonaise aurait pris clandestinement possession.

– Vous n'en êtes pas certains ?

– Nous ne sommes plus sûrs de rien, grimaça Boyd. Cette nuit, Washington a reçu un telex d'un de nos agents itinérants envoyé là-bas, un dénommé Enrique Sagarra. D'après lui, c'est nous qui aurions fourni les armes à un groupe d'officiers pour préparer un putsch !

Hubert plissa le front. Il connaissait bien Enrique et le savait plutôt fantaisiste. Mais pas au point de monter un canular d'un calibre aussi élevé.

– Nous ne sommes vraiment pour rien dans aucune fourniture d'armes ? Il pourrait s'agir d'une méprise, par exemple un stock destiné à quelqu'un d'autre...

Boyd prit un air constipé.

– S'il nous arrivait d'effectuer ce genre de livraisons, nous prendrions toutes nos précautions pour qu'elles atteignent leur destinataire sans s'égarer en cours de route !

Hubert en avait vu d'autres. Il se garda cependant de le dire.

– Depuis le raid angolais sur le Shaba et le massacre de Kolwezi, le Président a décidé de ne plus laisser les Soviétiques et les Cubains faire la loi en Afrique, reprit Boyd. Il l'a montré clairement en fournissant une partie des avions qui ont transporté les légionnaires parachutistes français et les contingents marocains destinés à assurer la relève. Mais il n'est pas question pour nous d'intervenir directement. Nous nous contenterons d'apporter un appui purement logistique. Et rien de plus.

Hubert acquiesça religieusement. Ce n'était pas à lui à apprendre à son interlocuteur que la logistique consistait, entre autres, à approvisionner une armée en matériel, armes et munitions. Certains mots anodins sont parfois trompeurs.

– Le Président s'est déclaré favorable à la création d'une force d'intervention exclusivement africaine, poursuivit Boyd. Il est évident que les Français sont appelés à jouer un rôle certain dans sa constitution et dans son entraînement. Nous avons reçu des instructions pour ne pas leur causer de problèmes. Nous devons même, dans la mesure du raisonnable, leur fournir une assistance discrète.

Le président a dit ceci... Le président a dit cela et le contraire de ce qu'il affirmait mordicus deux mois auparavant... Hubert poussa un soupir. A l'époque de la guerre froide et ensuite, la grande force de la CIA résidait dans sa stratégie à long terme face à l'adversaire qui menaçait le monde libre. Maintenant, on achevait d'en faire un instrument soumis aux sautes d'humeur du locataire provisoire de la Maison Blanche.

– En résumé, nous n'avons nullement l'intention d'inciter les Gabonais à se débarrasser des Français pour nous installer à leur place?

Boyd parut sur le point de s'étrangler d'indignation.

– Comment pouvez-vous avoir une idée pareille! s'exclama-t-il.

– J'aime autant que vous me le précisiez clairement, observa Hubert. Il y a eu des précédents.

– Je peux vous garantir que ce n'est pas le cas aujourd'hui au Gabon, affirma Boyd. Sinon, nous ne vous enverrions pas là-bas.

A sa manière, il faisait preuve de franchise. C'était toujours ça.

En revanche, Hubert appréciait moins le « nous », prononcé avec un brin de supériorité négligente comme si c'était lui seul qui traitait le dossier et prenait les décisions.

Péché de jeunesse d'un bureaucrate convaincu de la supériorité de l'intelligence sur le muscle, étant entendu qu'un agent « action » n'était qu'une brute primaire tout juste capable de foncer tête baissée.

Autant glisser sans relever. La Chrysler, qui avait entrepris un circuit autour de l'aéroport, se prêtait mal pour une mise au point. Et le temps manquait.

– Quels sont mes moyens sur place ?

– Vous disposerez d'Enrique Sagarra qui opère sous le pseudonyme d'Enrique Figueras, expliqua Boyd. Il est en rapport avec un Allemand nommé Karl Model qui affirme avoir assisté au débarquement des armes. Vous commencerez par vérifier leur histoire.

Hubert s'attacha à conserver un visage impassible. Il fallait une sacrée patience !

– Notre résident à Libreville s'appelle William Spencer, poursuivit Boyd. Comme il occupe un poste d'attaché auprès de notre ambassade, il est impératif de le laisser en dehors de toute cette affaire. Nous ne pouvons pas courir le risque d'une implication diplomatique. Vous vous dispenserez donc de tout contact avec lui, sauf cas de force majeure.

De mieux en mieux !

– Ce serait logique si nous trempions de près ou de loin dans cette histoire d'armes, intervint innocemment Hubert. Mais vous m'avez affirmé que nous n'avions rien à y voir.

Boyd pinça les lèvres.

– Je vous transmets les instructions de Washington, déclara-t-il. Si vous n'êtes pas d'accord, c'est à eux qu'il faut le dire.

Pénible aveu que d'être obligé de reconnaître qu'il n'était somme toute qu'un banal agent de liaison malgré sa grosse voiture officielle et ses mines condescendantes.

– J'éviterai de donner la gale à ce cher William Spencer, concéda Hubert. A part ça, ai-je le droit de compromettre quelqu'un par ma seule présence ?

Boyd avala la couleuvre dans protester.

– Francis Netter est en quelque sorte l'adjoint opérationnel de William Spencer, indiqua-t-il. Il possède une petite entreprise de travaux publics et s'occupe d'importation de matériel lourd de chantier fabriqué aux Etats-Unis. Ce sera votre correspondant.

Une courte pause lui permit de reprendre haleine.

– La construction du chemin de fer transgabonais connaît de nouvelles difficultés financières. Votre couverture a été établie en conséquence. Vous représentez un groupe de sociétés américaines susceptibles de s'intéresser au projet et de prendre le relais. Quoi de plus normal que vous rencontriez Francis Netter pour sonder le terrain. Il est bien placé pour vous renseigner et pour vous introduire auprès des hauts fonctionnaires concernés.

Hubert imaginait la réaction des Français dès qu'ils apprendraient qu'un Américain s'apprêtait à empiéter sur leur chasse gardée. On n'allait pas le lâcher une seule seconde. Il aurait été bien préférable de lui coller une étiquette de vulgaire touriste.

– Vous devez garder présent à l'esprit le fait que le Président Bongo a été le premier à avancer l'idée d'une force de sécurité panafricaine, ajouta Boyd. Le gouvernement français était évidemment concerné au premier chef puisque cela s'est produit lors de la conférence des chefs d'Etats africains qui a eu lieu à Paris juste après l'intervention du 2e REP à Kolwezi.

Il marqua un nouveau temps d'arrêt.

– Bien entendu, nous avions donné notre accord auparavant. Le président gabonais savait que Washington soutiendrait aussitôt sa proposition puisque nous avions mis comme seule condition que cette force inter-africaine soit réclamée par les Africains eux-mêmes.

Les chemins de la haute et de la basse politique étaient parfois tortueux.

Mais ne trompaient pas grand monde.

– Il serait catastrophique que cette histoire d'armes donne au gouvernement gabonais l'impression que nous lui tirons dans le dos en intriguant contre lui...

Hubert n'avait pas besoin d'un dessin. C'était lumineux.

Il écarta le bas de sa manche pour consulter sa montre-bracelet, tapota sur le cadran.

– L'heure tourne. Si nous passions aux détails pratiques...

***

Le DC 10 blanc et bleu d'*UTA* se posa à seize heures trente très précises sur la longue piste de l'aéroport de Libreville. Un atterrissage « sur des œufs » parachevant un vol sans histoire à près de mille kilomètres à l'heure et onze mille mètres d'altitude, dans les profonds fauteuils d'une cabine luxueusement décorée de tons chauds.

Personnel prévenant et toujours souriant, champagne et scotch à volonté pour les passagers voyageant en première, cinéma et plusieurs programmes de musique enregistrée pour tout le monde grâce à des écouteurs individuels. L'impression de voyager dans un salon...

Le ciel était uniformément plombé et la lumière déclinait déjà au-dessus de l'estuaire du Gabon quand Hubert mit le pied sur la passerelle à l'avant de l'appareil. La température de l'air était cependant très supportable en sortant de la cabine climatisée. Une brise légère soufflait de l'eau, contribuant à atténuer la sensation de moiteur.

Les formalités d'arrivée et de délivrance des bagages avaient perdu en folklore et gagné en efficacité. Il n'y avait pas si longtemps, le tapis roulant était en panne un jour sur deux et les voyageurs étaient obligés d'aller récupérer leurs valises sur les chariots alignés à la queue leu leu à l'extérieur pratiquement jusqu'à l'avion.

Seuls les énormes gorilles musculeux étaient toujours fidèles au poste, promenant avec bonhomie leur masse souriante au milieu des passagers, échangeant quelques mots avec les habitués des vols avec la France ou discutant paisiblement avec les policiers en uniforme contrôlant les passeports à leur guichet.

L'un d'eux, qui devait bien peser deux cent cinquante livres dans un boubou aussi vaste qu'une tente de plage, fit claquer ses doigts et lança une phrase en dialecte quand Hubert présenta le sien pour recevoir un coup de tampon. Un Africain s'avança alors, vêtu d'une chemise et d'un pantalon de toile, une branche de ses lunettes de soleil glissée dans une boutonnière.

– C'est M. Netter qui m'envoie, déclara-t-il. J'ai une voiture...

Puis, devant l'expression quelque peu étonnée d'Hubert, il ajouta :

– Quand l'avion est plein, il arrive qu'il n'y ait pas assez de taxis pour tout le monde. Il faut parfois attendre une demi-heure ou trois quarts d'heure et c'est la grosse bagarre. Mon nom, c'est Albert. Où est votre valise ?

Un instant décontenancé, Hubert admit que la formule se défendait. Puisque Francis Netter était censé accréditer sa couverture, autant annoncer clairement la couleur d'entrée de jeu. Cela éviterait qu'on se pose des questions à son sujet et qu'on s'imagine autre chose.

– M. Netter vous attend à son bureau, ajouta Albert pour l'édification des foules. Je vais vous y conduire.

– Si ça ne vous ennuie pas, j'aimerais que

vous m'arrêtiez cinq minutes au *Dialogue* pour qu'on ne donne pas ma chambre à quelqu'un d'autre en croyant que j'ai raté l'avion...

Inutile que les braves gorilles ou leurs collègues perdent leur temps à téléphoner pour savoir où il était descendu !

Pas d'Enrique en vue après la douane. Ni dans le hall aboutissant à la sortie. C'était aussi bien, à cause de la présence d'Albert.

Quelques instants plus tard, alors qu'ils roulaient sur l'autoroute à la hauteur du camp militaire construit le long de l'aéroport, Hubert remarqua la Simca verte qui avait démarré dans leur sillage et semblait régler son allure sur la leur.

Elle n'était pas la seule, et cela ne signifiait rien.

Ultra-moderne et luxueux, le *Dialogue* dressait ses étages de vitres fumées au milieu de la large bande de cocotiers frangeant la plage à cet endroit. La chambre réservée au nom d'Hubert donnait face à l'estuaire, au septième, avec vue imprenable sur l'eau et sur la ligne verdoyante de la rive opposée.

Comme voiture, le service de location de l'hôtel lui avait procuré une *Rancho* presque neuve, aussi agréable en ville que pratique s'il voulait emprunter les pistes.

Dans l'immédiat, Hubert décida de la laisser sur le parking et de rejoindre Albert qui l'attendait au-dehors.

Au bout de deux cents mètres, la Simca verte réapparut derrière.

Question comité de réception, on le gâtait...

CHAPITRE

9

FRANCIS NETTER était affublé d'un gros nez entre deux yeux brillants d'astuce. Le poil dru agrémenté de quelques fils blancs, il était râblé sans être corpulent. Une force tranquille émanait de sa personne. Il devait être coriace en affaires et ne pas s'encombrer de scrupules.

– Heureux de vous connaître, affirma-t-il d'une voix rocailleuse. Je vous ai fait venir ici parce que c'est à peu près le seul endroit de Libreville dont je sois sûr qu'il n'est pas truffé de micros. Nous pouvons parler sans brancher la radio à fond ou murmurer nos petits secrets dans le tuyau de l'oreille.

Il se mit à rire.

– J'ai installé quelques gadgets électroniques

pour le cas où l'on essayerait de me sonoriser, ajouta-t-il. Tous les matins, je fais le ménage. Ne croyez pas que je sois parano, je suis seulement réaliste. Dans la forêt, quand vous voulez ouvrir une piste, il faut presque écarter les éléphants à la main. Ici, vous avez une barbouze derrière chaque cocotier.

Il cligna de l'œil.

– Vous pensez peut-être que je vous ai carbonisé en vous envoyant Albert à l'aéroport ? continua-t-il. Vous avez raison, mais c'est le seul moyen pour avoir la paix. Si vous étiez un super-crack, on se serait rencontrés au fin fond de la brousse ou en pleine mer. A partir du moment où vous annoncez franchement la couleur, vous n'êtes que du menu fretin et vous cessez d'intéresser.

Le point de vue se défendait. Hubert jugea superflu de parler de la Simca verte. Il verrait bien si elle continuait à s'incruster comme une maladie honteuse.

Son regard se posa un instant sur une photo encadrée placée en biais sur le bureau rangé avec soin. Francis Netter s'en aperçut.

– Ma femme et ma belle-fille, indiqua-t-il. Vous les verrez tout à l'heure car vous dînez avec nous chez moi...

La traditionnelle hospitalité africaine ! Des fois que toute la gent barbouzière de Libreville n'ait pas encore été au courant.

Hubert essayait de cerner son interlocuteur sans y parvenir vraiment. Par Boyd, il le savait de double ascendance franco-américaine, mais c'était à peu près tout en dehors de l'estime dans laquelle on semblait le tenir à Washington. Professionnellement, il respirait la prospérité avec ses bureaux dans l'immeuble moderne du boulevard de l'Indépendance, au rez-de-chaussée duquel se trouvait l'agence *UTA,* face à une pelouse bien entretenue.

– Nous échangerons des mondanités plus tard, enchaîna Francis Netter. Que savez-vous au juste ?

Hubert haussa les épaules.

– Peu de choses. En gros, que des armes se promènent dans le secteur et que nous les aurions livrées à l'armée gabonaise pour l'aider à préparer un coup d'Etat.

Francis Netter fit la grimace.

– Moi, je veux bien...

A son ton et à son expression, il n'en était pas convaincu.

– Vous êtes pourtant bien placé pour démêler le vrai du faux, observa Hubert. Si la moitié de la population passe son temps à placer des micros chez l'autre, vous avez bien dû recueillir quelques échos.

– C'est comme dans les histoires de cocufiage, répliqua Francis Netter. Le mari est toujours le dernier informé ! Si vous voulez mon avis, ce n'est pas très sérieux...

Il se leva pour aller démasquer un petit bar-réfrigérateur habillé en classeur, sortit une bouteille de *J. & B.,* des verres et des cubes de glace.

– Non seulement Washington n'a aucun intérêt à organiser un putsch parce que cela ne rimerait strictement à rien au Gabon, mais nous serions au moins au courant...

Hubert avait perçu la réticence. Il saisit la perche.

– Pouvez-vous affirmer que vous connaissez absolument tout ce qui se passe de haut en bas à l'intérieur de l'antenne ?

Le Franco-Américain fit le service en silence, le front barré par deux rides.

– Honnêtement, non, admit-il. Je mentirais en prétendant être autre chose qu'une sorte de trésorier ou de gestionnaire rendant parfois quelques services particuliers.

Il soupira.

– Je suis d'ailleurs un peu étonné que Washington vous ait adressé à moi, reprit-il. Le vrai patron de la boutique, celui qui la fait marcher et qui la connaît de A jusqu'à Z, c'est William Spencer. Moi, je ne suis que la cinquième roue du carrosse. Celui à qui on pourrait faire porter le chapeau sans grands risques pour éviter un incident diplomatique...

Son regard accrocha celui d'Hubert.

– Au début, je me croyais capable de casser la baraque et de mettre Spencer dans ma poche, avoua-t-il. Je ne me débrouille pas trop mal sur le plan commercial et je pensais que je pourrais réussir de la même manière dans le renseignement. J'ai vite compris que je ne faisais pas le poids à côté d'un Spencer ! A chacun sa spécialité...

Il eut un geste d'indifférence et plongea le nez dans son verre.

– Abordons le problème sous un autre angle, dit Hubert. Estimez-vous possible que Spencer se soit embarqué dans cette histoire d'armes ?

Un sourire un rien narquois fleurit sur les lèvres de Francis Netter.

– Même si j'avais une preuve, je ne vous la donnerais pas, répliqua-t-il. A vous de trouver la réponse à votre question. C'est votre affaire...

⁂

Olga Netter n'avait pas cherché à mettre les petits plats dans les grands. Bien que sa fille ait téléphoné au dernier moment pour dire qu'elle passait la soirée chez une amie, la femme du Franco-Américain avait donné au dîner un caractère simple et familial.

Pour sa part, Francis Netter avait convié un autre couple dont le mari vendait du matériel de déboisement et possédait une dizaine de camions grumiers. Hubert avait consciencieusement posé des questions sur les chantiers du transgabonais et sur les difficultés financières du groupe chargé de sa construction, mais on n'avait pas trop parlé boulot.

Le lendemain, on saurait qu'un Américain s'intéressait discrètement au chemin de fer. Cela suffirait pour enflammer les imaginations. Avec un peu de chance, un Allemand ou un Japonais simplement curieux auraient formulé dans d'autres réunions des interrogations à peu près identiques. Le bruit courrait alors que tous les grands trusts internationaux s'apprêtaient à fondre sur le Gabon...

En résumé, Hubert avait pu distiller les éléments destinés à accréditer sa couverture sans avoir à passer un véritable examen d'expert financier. Francis Netter avait dû sélectionner son autre invité en conséquence. L'ambiance avait été d'autant plus agréable et détendue que les deux femmes, fort dissemblables, semblaient s'entendre à merveille et ne posséder aucun motif pour entrer en compétition.

Epanouie, bronzée et sûre d'elle, Olga Netter n'avait rien à redouter d'une femme effacée qui devait se consacrer aux devoirs et aux leçons de trois ou quatre enfants scolarisés, aux œuvres sociales des bons pères et aux dernières parutions littéraires.

Vers onze heures, Hubert avait invoqué la fatigue occasionnée par le décalage horaire et le voyage depuis les Etats-Unis pour prendre congé. Le couple l'avait aussitôt imité, lui proposant de le déposer au *Dialogue* au passage.

Une soirée très sage de père de famille... Il n'y avait eu que la réapparition de l'inévitable Simca pour rappeler à Hubert qu'il n'était pas au Gabon pour la beauté des paysages.

Toujours aucune nouvelle d'Enrique dont la clé demeurait au tableau de la réception. Après un détour par la piscine éclairée, dont le snack-bar était bouclé, Hubert entra par curiosité à l'*Iboga,* la boîte de nuit de l'hôtel. Il en ressortit par la plage pour gagner le parking situé sur la droite en regardant vers l'eau.

Aucune trace de la Simca qui ne s'y trouvait pas. Pas plus d'ailleurs que devant l'entrée sur le boulevard. Elle était peut-être stationnée après la courbe masquée par l'extrémité du bâtiment, ou bien dans la montée du boulevard Quaben afin de bénéficier d'une meilleure vue d'ensemble.

Jugeant qu'Hubert rentrait se coucher, le suiveur avait pu aussi décrocher pour effectuer son rapport et dormir afin d'être de nouveau d'attaque aux aurores.

On allait bien voir !

Car une contradiction fondamentale existait dans les propos de Boyd et Netter. Si les barbouzes et autres informateurs fleurissaient derrière chaque touffe d'herbe, il était assez invraisemblable qu'une cargaison d'armes ait pu être livrée clandestinement sans que la moitié du Gabon l'apprenne aussitôt.

L'armée gabonaise n'était-elle pas chapeautée par des « conseillers » français de haut rang ? Il était difficile d'admettre qu'aucun d'eux ni aucun de leurs subordonnés directs n'aient été mis au courant de ce genre de livraison !

La *Rancho* de location était toujours à la même place. La carrosserie et les vitres étaient recouvertes de condensation. Inconvénient mineur puisqu'elle était équipée d'un essuie-glace arrière.

Hubert utilisa la clé qui lui avait été remise, lança le moteur qui partit au premier tour, fit fonctionner les balais pour dégager la visibilité du pare-brise et de la cinquième porte, démarra pour sortir du parking et s'engager sur l'autoroute du front de mer.

D'autoroute, elle n'en avait que le nom puisqu'elle desservait par de simples croisements toutes les rues ou avenues qui en partaient perpendiculairement au rivage. Mais la question n'était pas là.

Coincée entre l'estuaire et les collines annonçant déjà la forêt, Libreville s'étendait sur une bande assez étroite, longue d'une dizaine de kilomètres. C'est uniquement dans le prolongement du centre commercial et administratif que les nouveaux quartiers africains s'étalaient vers l'intérieur, mordant peu à peu sur la brousse.

Hubert les avait exclus d'emblée pour ce qu'il voulait tenter. Les coupe-coupe volaient bas et beaucoup trop promptement, de manière spontanée et totalement irréfléchie, dès que quelque chose ressemblait à un accident de la circulation où un Blanc paraissait concerné. Réflexe aussi instinctif qu'instantané... Sachant cela, inutile de prendre le risque de terminer la nuit à l'hôpital ou à la morgue.

Restait la direction de l'aéroport ou celle d'Owendo, vers le fond de l'estuaire. Ce n'était pas très pratique car il y passait toujours quelques véhicules nuit et jour, mais Hubert ne connaissait pas assez bien Libreville pour choisir l'endroit idéal.

Il eut bientôt la satisfaction de constater que la Simca s'était de nouveau matérialisée à une centaine de mètres derrière la *Rancho.*

Au moins quelqu'un qui manifestait de la suite dans les idées. Et une assez belle inconscience.

Tout en roulant à bonne allure comme s'il n'avait rien remarqué, Hubert eut bientôt dépassé le centre et le nouveau musée en forme de tremplin de ski, parfaitement insolite et incongru, une fantaisie qui avait coûté un prix astronomique mais dérisoire en comparaison du palais présidentiel.

On avait du pétrole...

Après le petit pont Mpita, débutait ce qui pouvait passer pour une esquisse de zone industrielle, avec de modestes entreprises noyées au milieu d'habitations dépassant rarement un ou deux étages.

Brusquement, dans le rétroviseur, ce fut comme un faucon fondant sur sa proie. Une seconde voiture parut se précipiter sur la Simca en la remontant rapidement. Le choc semblait inévitable, à moins qu'elle ne dévie au dernier moment pour un mitraillage à bout portant.

Mais le conducteur de la Simca avait vu la menace. A l'ultime seconde, il pila des quatre roues pour déjouer l'attaque, amorça un dérapage et vira en catastrophe pour traverser la chaussée et disparaître dans une des rues latérales séparant les quartiers Toulon et London, accélérateur au plancher.

Surpris par l'extrême rapidité de la réaction, emportés par leur élan, les assaillants durent d'abord freiner avant de pouvoir faire demi-tour pour engager la poursuite. A leur tour, ils filèrent à toute vitesse dans la rue où la Simca s'était évaporée, soulevant un nuage de poussière et de terre quand les pneus mordirent sur le bas-côté.

Du sport en perspective.

Dès le début de l'action, Hubert avait levé le pied. Pendant un instant, il songea à se lancer sur les traces des autres, réfléchit qu'il valait mieux n'en rien faire. Non seulement, ils avaient trop d'avance, et il connaissait Libreville moins bien qu'eux, mais il aurait été inopportun de débarquer en pleine bagarre sans savoir qui était qui. Une histoire à ramasser des coups de la part des uns et des autres, sans le moindre bénéfice.

Perplexe, il se résigna à rebrousser chemin pour regagner le *Dialogue.*

***

Hubert sortait de la douche quand on gratta doucement à la porte de sa chambre. Pensant qu'il s'agissait enfin d'Enrique, il alla ouvrir, une serviette simplement enroulée autour des hanches.

C'était Olga Netter. Souriante et apparemment en pleine forme.

– Je peux entrer ? dit-elle. Je ne vous dérange pas ?

Façon de parler ! Une myope au dernier degré se serait rendu compte qu'Hubert avait oublié de nouer sa cravate...

– Je vous en prie, fit-il en s'effaçant. Votre mari finit sans doute de garer votre voiture ?

Elle se mit à rire.

– Francis est en train de courir la gueuse, et j'aime vivre dangereusement...

Frôlant la quarantaine et l'ayant peut-être atteinte, elle paraissait dix ans de moins. Elle possédait cette plénitude et ce rayonnement physique de la femme mûre admirablement faite et sportive sur qui le temps semble n'avoir aucune prise. De toute évidence, sa poitrine se tenait sans aucune assistance et devait être capable de l'emporter en fermeté et en séduction dans n'importe quel concours de monokini.

« Seins en poire, évalua Hubert en continuant à maintenir sa serviette. Pas un gramme de cellulite, mais ensemble particulièrement détonant à manier avec la plus extrême prudence... »

Quand une femme débarque à minuit en annonçant que son mari butine ailleurs, c'est rarement pour parler des fleurs qu'elle envisage de planter dans son jardin !

L'ennui, c'est que Francis Netter risquait de pratiquer la libération des mœurs à son usage exclusif et qu'il était le contact désigné à Libreville. Hubert ne pouvait courir le risque d'un éclat qui rejaillirait sur la suite de la mission. D'autre part, il n'y avait rien de pire qu'une femme vexée d'avoir été repoussée. Elle était capable d'aller se plaindre qu'il avait essayé de la violer. Avec le même résultat désastreux.

Il allait falloir énormément de doigté.

– Asseyez-vous, invita Hubert avec une politesse respectueuse. Je suis désolé, mais je n'ai rien à vous offrir à boire...

– Aucune importance...

Olga Netter eut un petit geste négligent du poignet, prit place dans un fauteuil en croisant haut les jambes, qu'elle avait proches de la perfection. Sentant un début de trouble que la serviette aurait été bien en peine de dissimuler, Hubert s'astreignit à regarder ailleurs en pensant à tout autre chose.

– J'ai passé une excellente soirée, affirma-t-il. Vous avez des amis charmants.

Olga Netter rit de nouveau.

– Quand je dis que j'aime vivre dangereusement, cela ne signifie nullement retrouver un homme dans sa chambre en pleine nuit, déclara-t-elle. Autant vous mettre à l'aise tout de suite.

Notre mariage est une sorte d'association. Je suis avant tout représentative de son standing et je sais suffisamment bien recevoir pour qu'il puisse traiter ses relations d'affaires et ses amis chez lui. En contrepartie, ma fille et moi bénéficions d'une vie très agréable à l'abri de tout souci matériel.

– Excellente formule, apprécia Hubert prudemment. C'est la sagesse même.

– Dans la mesure où nous vivons sous le même toit, poursuivit Olga Netter, il nous arrive bien entendu d'avoir parfois une petite tendresse l'un pour l'autre. Après tout, nous sommes normalement constitués et pas trop répugnants. Moyennant quoi, ce n'est jamais une obligation, et nous restons parfaitement libres de mener chacun notre vie comme nous le souhaitons.

– Si tout le monde pensait comme vous, il y aurait beaucoup moins de drames passionnels.

Hubert revit la photo posée sur le bureau de Francis Netter. Faisait-elle seulement partie du décorum à l'intention des visiteurs ?

– Lorsque nous serons tout vieux et tout ratatinés, cela nous fera de bons souvenirs à évoquer, ajouta Olga Netter. J'espère que Francis ne me parlera pas uniquement de ses maîtresses, mais qu'il me racontera aussi les petits secrets de la CIA.

Hubert s'y attendait à peu près autant que les Canadiens à recevoir sur la tête un satellite russe « Cosmos » bourré d'uranium.

Déjà, elle enchaînait :

– Je ne suis pas jalouse et je pense que Francis n'est pas du genre à perdre les pédales pour une fille de vingt ans. Mais il aborde un âge où un homme peut rechercher la jeunesse par compensation, parce qu'il éprouve la crainte de vieillir. Il faut compter aussi avec le climat, et je préfère prendre mes précautions pour parer à un éventuel danger. Autrement dit, je lui fais régulièrement les poches. Y compris le coffre de son bureau.

Cependant qu'Hubert les vouait intérieurement l'un et l'autre à tous les diables, la jeune femme le dévisagea avec curiosité.

– C'est vous qui avez organisé le trafic d'armes et qui allez mettre au point le putsch ? Ça me paraît follement rétro ! Vous pouvez me faire confiance. Je n'en parlerai à personne. Et surtout pas à Francis.

Hubert s'était mis à réfléchir à toute allure. Si l'existence des micros dans les hôtels n'était pas une fable, il n'y avait qu'un seul moyen pour rattraper le coup. Donner à l'affaire l'apparence d'une plaisanterie et l'empêcher à tout prix de continuer à déballer ce qu'elle avait pu trouver dans les papiers de son mari.

Il n'avait pas le choix.

– Avez-vous déjà fait l'amour avec un agent secret en mission extraordinaire ? demanda-t-il d'un ton joyeux.

Olga Netter battit des cils.

– Je n'en sais rien, répondit-elle. Jusqu'à présent, aucun ne me l'a dit.

Hubert l'imagina telle qu'elle devait être sans sa robe, sentit que la réaction s'amorçait, lâcha la serviette qui lui ceignait les hanches.

– Alors, regardez-moi, affirma-t-il en riant. Vous avez un maître espion devant vous...

⁂

Plus tard, ils récupéraient après un parcours mouvementé, nus sur le lit, quand le téléphone sonna. Hubert tendit le bras pour décrocher.

– Allô ?

– Je vous apporte des mangues fraîches, dit son correspondant. Elles ont été cueillies il y a quelques heures à peine.

A Paris, respectant scrupuleusement les consignes de sécurité enseignées par les manuels des écoles de renseignement, Boyd avait attribué une phrase de reconnaissance à Enrique.

C'était bien elle qu'Hubert venait d'entendre, mais la voix n'appartenait pas à Enrique. Impossible de s'y tromper.

– Quand ? demanda simplement Hubert.

– Tout de suite, si vous voulez.

– Disons dans cinq minutes.

Olga Netter s'étira tandis qu'il raccrochait.

– Qui est-ce ?

– Un autre espion ! affirma Hubert.

Il la gratifia d'une claque sonore sur un arrondissement de sa physionomie.

– Réunion top-secret pour décider où les Marines débarqueront pour le putsch. Désolé, mais tu te doucheras chez toi...

CHAPITRE

10

ENRIQUE AVAIT DU mal à cacher sa déception. Il avait le sentiment qu'il s'épuisait à trancher une liane élastique qui s'étirait comme du chewing-gum sans que l'acier parvienne à l'entamer.

Autant s'acharner à vouloir faire parler la statue d'Abraham Lincoln.

Franceville, c'était un assemblage de constructions disparates et sans mystères, une petite préfecture perdue au fin fond de la forêt équatoriale, arrosée par le cours supérieur de l'Ogooué, en bordure d'un morceau de savane un peu plus clairsemée.

Quelques bâtiments officiels, un hôpital, une mission religieuse, deux ou trois hôtels modestes, une gendarmerie, des poignées de maisons ou de baraques africaines, un petit aérodrome intérieur qui ne payait pas de mine...

On pouvait emprunter la piste de Moanda et de Mounana sans se douter de l'existence d'une immense piste capable de recevoir les gros quadriréacteurs et baptisée aéroport international pour les besoins de la cause.

Ce curieux aéroport international ne desservait cependant aucune ligne régulière et semblait avoir été parachuté là par quelque tour de prestidigitation ou de magie noire.

Pure coïncidence s'il se trouvait à proximité immédiate des riches mines de manganèse et d'uranium. Illusion d'optique aussi, que ces soldats qui ne réussissaient pas à montrer une peau noire malgré un bronzage intensif dû aux exercices et manœuvres en plein air.

Sûrement des autochtones albinos...

Ou alors, tout bêtement, des sections de prospecteurs ayant revêtu la tenue camouflée par souci écologique, pour ne pas effaroucher les gorilles ou les buffles sauvages de la région.

Moanda était un des deux terminus désignés du chemin de fer transgabonais si celui-ci finissait par voir le jour dans quelques années. Pour l'instant, un téléférique transportait le minerai de manganèse sur près de cent kilomètres jusqu'à Mbinda, de l'autre côté de la frontière congolaise. Il était ensuite acheminé par voie ferrée jusqu'à Pointe-Noire où des cargos minéraliers l'embarquaient alors.

La république du Congo se révélant surtout démocratique par la rapidité avec laquelle les chefs d'Etat étaient assassinés, ou fusillaient leurs successeurs en puissance, il aurait été de la plus haute imprudence de ne pas veiller préventivement sur les gisements et sur le précieux téléférique tracé dans la forêt.

Personne ne pouvait jurer que les Cubains ne décideraient pas de s'offrir une balade touristique dans le secteur, en personne ou par Congolais interposés.

Cette fois, on n'aurait pas besoin de larguer des parachutistes...

Aucun besoin d'appartenir à la CIA pour savoir tout ça. D'ailleurs, Enrique s'en moquait comme de sa première tête coupée. Il cherchait un certain lieutenant Adolphe Guéghet, chef du caporal Bouissoukou.

Apparemment, nul ne connaissait ni l'un ni l'autre. Personne n'en avait jamais entendu parler, pas plus que de l'unité dont le sigle figurait sur la carte militaire plastifiée. Le vrai manteau couleur forêt !

Karl Model disposait bien d'un compatriote sur place, informateur occasionnel, mais il se trouvait quelque part sur la piste de Lastourville, à moins qu'il n'ait décidé de pousser jusqu'à Koulamoutou. Il pouvait rentrer dans la nuit aussi bien que dans quarante-huit heures.

En attendant, Enrique tournait en rond. Il ne pouvait quand même pas se présenter à la gendarmerie de Franceville et déclarer qu'il recherchait le lieutenant Adolphe Guéghet pour lui poser quelques questions sur une cargaison d'armes clandestine censée avoir été expédiée par la CIA pour fomenter un coup d'Etat...

Le dernier avion pour Libreville était reparti sans lui. Si le copain allemand de Karl Model continuait à se faire désirer, il était bon pour rester vingt-quatre heures de plus et attirer un peu trop l'attention sur lui !

Blond, avec des yeux bleus, verts ou jaunes, cela n'aurait pas prêté à conséquences. On ne l'aurait même pas regardé. En revanche, son type ibérique prononcé risquait de susciter une légitime suspicion.

Depuis l'affaire de Kolwezi, on se montrait plutôt soupçonneux dans les régions minières d'Afrique équatoriale. A force de le voir traîner dans les parages, on risquait de le prendre pour un Cubain en tournée exploratoire.

La nuit était tombée depuis un bon moment, et Enrique revint vers ce qui pouvait passer pour le centre de la ville. Il n'avait trouvé à louer qu'une Renault à peine vieille de deux ou trois ans, mais déjà transformée en épave. L'intérieur craquelé des phares éclairait tout juste à quatre mètres, et il aurait eu du mal à rattraper un buffle au petit trot.

Hubert devait être arrivé à Libreville, ou débarquerait le lendemain, mais il ne pouvait utiliser le téléphone à cause des risques d'écoute. Ce n'était pas le plus urgent.

Dans son télégramme à Washington, Enrique avait réclamé Hubert en personne, mais celui-ci était peut-être en mission à l'autre bout du monde, auquel cas il serait forcé de s'accommoder du remplaçant qu'on lui expédierait en échange. Il y aurait sûrement des étincelles.

Enrique songea qu'il aurait dû emmener Marylène Sauvageon avec lui. Au moins, il n'aurait pas dormi seul dans son lit de l'hôtel *Masuku.* Cela l'aurait aidé à tuer le temps.

Non, après une journée perdue à Franceville, il n'avait pas le moral...

Une camionnette venait de se mettre en travers de la rue, alors qu'il n'était plus qu'à une trentaine de mètres de l'hôtel. Il n'y avait aucun blessé, mais le chauffeur avait mis pied à terre et gesticulait en insultant un de ses congénères africains de l'autre côté du capot moteur.

Enrique n'eut pas le temps de se demander s'il allait descendre pour voir ou actionner son avertisseur chevrotant pour réclamer le passage. Deux silhouettes jaillirent brusquement et ouvrirent les deux portières avant.

Bing ! Une sorte de casse-tête lui arriva en plein front.

Le crâne envahi par un feu d'artifice multicolore, Enrique eut l'impression de déraper sur une vaste plaque de boue et de dégringoler en tourbillonnant dans les profondeurs interminables d'un puits entièrement noir.

*
**

Hubert avait passé un pantalon et une chemise polo. Afin de la dissuader de s'embusquer dans le couloir pour guetter son visiteur, il avait raccompagné Olga jusqu'à l'ascenseur et s'était assuré que la cabine descendait bien jusqu'au rez-de-chaussée.

Maintenant, de retour dans sa chambre, il était

curieux de savoir à quoi ressemblait l'homme qui lui avait donné la phrase de reconnaissance d'Enrique. Passant dans la salle de bains, il ouvrit la douche en grand à titre de prophylaxie anti-micros.

Quelques instants plus tard, plusieurs coups discrets furent frappés à la porte. Hubert entrebâilla le battant, prêt à refermer en se jetant à plat ventre. Aucune arme n'était pointée vers lui, et son visiteur ne paraissait pas animé d'intentions hostiles.

– Les mangues fraîches...

Hubert plaça l'index contre ses lèvres et, de la tête, lui fit signe d'entrer.

– Merci pour le déplacement, dit-il. Vous pouvez garder la monnaie, bonne nuit !

Après avoir refermé et donné un tour de verrou, il se dirigea vers la salle de bains.

– Qu'est-ce que c'est que cette histoire de mangues ? demanda-t-il, suffisamment bas pour que ses paroles soient noyées par le bruit de la douche.

– Je m'appelle Karl Model. C'est le mot de passe que m'a indiqué Enrique Figueras à votre intention. Son vrai nom est Enrique Sagarra. Un jour, vous lui avez sauvé la mise en le transportant sur votre dos sur certains toits du Pirée. Il m'a dit que cela vous suffirait.

Hubert acquiesça. L'épisode remontait à un certain nombre d'années, et seul Enrique pouvait être au courant. Cela signifiait qu'Hubert pouvait faire confiance à Karl Model.

– Pourquoi ne s'est-il pas manifesté ? Où est-il ?

– A Franceville, répondit l'Allemand. Il suit une piste et pensait rentrer dans la soirée si tout marchait bien. Il n'a pas dû trouver ce qu'il cherchait.

– C'est-à-dire ?

Karl Model entreprit de relater le déchargement des caisses auquel il avait assisté, l'épisode de la bande magnétique et la disparition de Georges Lacom, l'intervention d'Enrique près de son domicile et la « confession » du caporal Bouissoukou.

– S'il parvient à localiser le lieutenant Guéghet et à mettre la main dessus, cela nous conduira jusqu'à ceux qui détiennent les armes et affirment travailler pour la CIA.

– Vous y croyez ?

– Les armes, certainement, puisque j'ai assisté au débarquement et que j'ai vu les camions militaires. Quant à la CIA, c'est une autre paire de manches. Si vous arrivez de Washington, vous devez savoir ce qu'il en est exactement...

Sous-entendu translucide ! En d'autres termes, il n'excluait pas l'hypothèse d'un coup tordu manigancé par les hautes sphères à l'insu de la piétaille dont il était.

– La Boutique n'y est pour rien, affirma Hubert. J'en ai reçu l'assurance et on ne m'aurait pas envoyé pour débrouiller l'histoire.

A dire le vrai, il aurait aimé en avoir la certitude absolue.

– Si la CIA est derrière sur le terrain, cela ne peut provenir que d'une initiative de l'antenne locale, reprit-il. Pensez-vous que ce soit possible ?

Karl Model eut une moue sceptique.

– Vous devez déjà avoir votre opinion au sujet de Francis Netter, répondit-il. C'est un administratif prudent qui excelle dans le renseignement financier ou assimilé. Demandez-lui qui se dissimule derrière les prête-noms quand une nouvelle société se crée dans le but d'éponger quelques milliards auprès des organismes internationaux, il vous le trouvera. En revanche, s'il s'agit d'une opération ponctuelle, il manque d'envergure. Pour ça, il est entièrement à la botte de Spencer. Je doute d'ailleurs que celui-ci le mette au courant.

– Changeons donc de personnage et parlons un peu du résident.

L'Allemand marqua une hésitation.

– Difficile à cerner... Il est capable du meilleur comme du pire. Mais il est intelligent et je ne vois pas ce qu'il aurait à gagner dans cette affaire. Sauf s'il a reçu des instructions précises de l'échelon supérieur.

On en revenait toujours au même point. Si galeux il y avait, il fallait le chercher au sommet.

– Activités actuelles de Spencer ?

– Amusant que vous me posiez cette question, observa Karl Model. Il a quitté le Gabon dans la journée d'hier pour aller se livrer aux joies du tourisme à Sao Tomé et Fernando Po...

Deux îles qui ne passaient pas pour se situer farouchement à droite depuis que l'Espagne et le Portugal leur avaient récemment accordé l'indépendance. On y menait au contraire une sorte de marxisme à la sauce locale, plutôt pittoresque et immensément pagailleux.

– D'où trois hypothèses, enchaîna l'Allemand.

Spencer s'offre vraiment une cure de folklore en vous laissant vous dépatouiller à Libreville. Ou bien il a quelques raisons de supposer que les armes proviennent de là et veut vérifier. Ou encore il est mouillé jusqu'aux yeux et se donne un peu d'air en attendant de voir comment la situation évolue. Je vous avoue que je ne crois guère à cette dernière possibilité. Il n'aurait pas choisi un pays engagé à gauche avec le risque qu'on lui organise un « accident » ou une disparition corps et biens si son nom et son rôle au Gabon étaient brusquement révélés à la radio et dans la presse.

Hubert voyait une quatrième éventualité, mais ce n'était qu'une pure spéculation.

– Mettons Spencer entre parenthèses pour le moment, fit-il. Quoi d'autre ?

Karl Model ébaucha un sourire.

– Je ne me suis pas manifesté plus tôt parce que je pensais tenir une piste, déclara-t-il. Ça a rendu. Je crois que j'ai localisé l'endroit où Georges Lacom se planque...

***

Enrique avait à moitié repris conscience alors qu'on le trimbalait enroulé dans un grand sac ou un poncho sentant le suint. Une forte migraine prenait naissance depuis son front et lui martelait le cerveau. Il respirait péniblement, au bord de la nausée.

Il était incapable de dire combien de temps il était resté évanoui et n'avait pas la moindre idée de l'endroit où on l'emmenait. Une seule consolation : on ne l'avait pas tué. C'était toujours ça de pris.

Les heures suivantes risquaient en revanche d'être fort désagréables si ses ravisseurs se mettaient en tête de lui faire raconter sa vie.

En Afrique, les interrogatoires étaient menés sans subtilité. On travaillait généralement au coupe-coupe, instrument universel.

Luttant contre l'envie de vomir qui lui tordait l'estomac, Enrique découvrit sans trop de surprise que ses chevilles étaient attachées et ses bras solidement ligotés dans le dos. Bien entendu, on l'avait débarrassé de l'automatique du caporal Bouissoukou.

Impossible de se rendre compte si sa corde était toujours dans une de ses poches. De toute façon, ficelé comme il l'était, il ne pourrait pas s'en servir. La poisse noire ! Il aurait mieux fait de rester à Libreville au lieu de venir se laisser piéger ici, au fin fond de la brousse.

Certes, Karl Model savait qu'il avait pris l'avion pour Franceville, mais il en faudrait plus pour le sortir du pétrin. Même s'il établissait sans problème le contact avec Hubert, les autres auraient tout leur temps pour le découper en tranches et en semer des morceaux un peu partout dans la forêt. On le passerait par pertes et profits en se félicitant d'avoir économisé un cercueil.

Connaissant son caractère fantasque et son goût prononcé pour la liberté d'action hors des sentiers battus, Hubert ne bougerait pas avant le lendemain ou le surlendemain, attendant qu'il réapparaisse de lui-même. Il serait alors trop tard pour recoller les morceaux.

D'autant que rien ne prouvait que Washington avait bien envoyé Hubert. S'il s'agissait d'un autre, la « clé » qu'il avait indiquée à Karl Model ne servirait à rien.

Enrique soupira avec fatalisme. Cela devait finir comme ça un jour ou l'autre...

Toujours aux trois quarts étouffé, la tête emprisonnée dans un étau douloureux, il se rendit compte qu'on l'empoignait par les épaules et par les jambes. Le balancement auquel il fut soumis lui projeta le cœur entre les dents, mais il parvint à contrôler son estomac.

Ses porteurs l'inclinèrent, comme s'ils empruntaient un escalier, puis il fut lâché sans ménagements sur un sol dur. L'espèce de suaire qui l'enveloppait fut déroulé et tout se mit à tourner avec frénésie dans son cerveau. A travers ses paupières closes, il devina de la lumière. Il entrouvrit les yeux, les referma aussitôt pour échapper à l'éblouissement brutal qui frappa ses rétines.

Un phare ou un projecteur portable lui était braqué en pleine figure, aveuglant. En tout cas, il pouvait respirer plus librement. Il emplit longuement ses poumons.

– Entendez-vous et êtes-vous disposé à répondre ? questionna une voix.

Un Africain s'exprimant dans un français correct. Un évolué.

– Qui êtes-vous ? répliqua Enrique. Pourquoi m'avez-vous attaqué ?

Un coup de pied dans les côtes, sans méchanceté, vint lui rappeler qu'il n'était pas en position de force.

– C'est à nous de poser les questions !

confirma son interlocuteur. Il est dans votre intérêt de ne pas chercher à faire le malin, vous pourriez le regretter...

Il marqua une brève interruption, puis lâcha :

– Nous pensons que vous êtes un Cubain à la solde des marxistes congolais et que vous êtes venu épier nos forces et nos installations minières pour préparer une attaque de mercenaires communistes depuis le Congo !

Exactement ce qu'Enrique avait craint à cause de ses origines espagnoles marquées sur son visage...

A moins qu'il ne s'agisse d'une manœuvre subtile pour obtenir le vrai en prêchant délibérément le faux.

– Vous n'avez qu'à regarder mon passeport pour voir que je ne suis pas Cubain...

– Ne nous prenez pas pour des imbéciles, votre passeport est sûrement faux. Mais soyez tranquille, nous avons le moyen de vérifier et nous allons le faire. Nous verrons alors si vous persistez dans vos affirmations.

Enrique avait l'esprit encore passablement embrumé. Pas assez toutefois pour tomber dans ce qui pouvait être un piège.

Par le résident et l'ambassade de Libreville, il serait facile d'adresser un télégramme ou un message radio à Washington et d'obtenir une réponse dans les heures suivantes. Mais il ne voulait pas dévoiler ses batteries avant de savoir en face de qui il se trouvait.

– Bon, vérifiez, se borna-t-il à déclarer d'un ton résigné.

– Ce n'est pas tout, reprit son interlocuteur.

Nous aimerions aussi vous interroger sur vos activités à Libreville.

Enrique songea que ce triste imbécile de caporal Bouissoukou avait dû aller raconter sa mésaventure dès qu'il s'était réveillé. Résultat, il avait suffi d'alerter Franceville pour qu'il soit pris en compte dès son arrivée. On lui avait laissé la bride sur le cou pendant la journée afin de l'observer. Après quoi, on avait attendu la tombée de la nuit pour l'embarquer discrètement à proximité de l'hôtel.

– Vous voyez que nous sommes bien renseignés, enchaîna la voix. Vous avez commis une grossière erreur en venant vous jeter dans la gueule du loup. Très regrettable pour vous...

Enrique ne pouvait que partager cette opinion. Et s'en mordre les doigts... Au figuré puisqu'il les avait toujours étroitement attachés dans le dos.

– Vous vous demandez sans doute à qui sont destinées les armes ?

Entrouvrant ses paupières d'un demi-millimètre, Enrique haussa les épaules.

– Comme vous êtes hors d'état de nuire, rien ne s'oppose à ce que nous vous le révélions, déclara l'inconnu tapi dans l'obscurité derrière le projecteur. Ces armes sont actuellement acheminées en direction de la région de Brazzaville. Elles vont servir à éliminer une fois pour toutes l'actuel gouvernement congolais progressiste. Devant le mécontentement grandissant des populations, il en arrivera tôt ou tard à se lancer dans une aventure extérieure pour justifier toutes ses difficultés intérieures. Le Gabon sera naturellement le premier visé. Nous préférons agir de façon préventive afin d'éliminer la menace dans l'œuf.

Opinion qui se défendait...

– En tant que Cubain, vous connaissez certainement une foule de choses qui nous intéressent au plus haut point. Si vous acceptiez de parler, nous serions disposés à oublier ce que vous êtes venu faire dans la région. Nous vous fournirions un billet d'avion pour la destination que vous choisiriez, ainsi qu'une somme d'argent très correcte.

Il s'interrompit une seconde.

– Bien entendu, nous serions obligés de vous garder un certain temps. Pour éviter d'éventuels scrupules de votre part à l'égard de la clique congolaise. Et pour vérifier l'exactitude de vos renseignements.

Enrique se sentait trop las et barbouillé pour protester.

– Nous ne sommes pas à quelques heures près, conclut le Noir. Reposez-vous et réfléchissez à notre proposition...

CHAPITRE

11

LA NUIT ÉTAIT SIlencieuse comme une nécropole. Le quartier de Petit-Paris dormait, les rues plongées dans l'obscurité. Il n'y avait pas un chat dehors. Seul s'entendait, çà et là, le ronronnement assourdi de climatiseurs.

Hubert emprunta pendant cent cinquante mètres la rue du Sergent Albert Bivouli, se demandant ce que ce brave sous-officier avait pu réaliser pour accéder à la célébrité, puis tourna sur la droite dans une petite voie perpendiculaire, sans éclairage aucun.

Il avait laissé la *Rancho* devant le Marché tandis que Karl Model demeurait à distance sans se montrer à bord de sa propre voiture. Il aurait été trop risqué que l'Allemand participe à l'expédition. Même si celle-ci se déroulait sans anicroche, il devait rester à l'écart.

Rien ne prouvait jusqu'à présent que Karl Model était complètement grillé, mais il ne fallait pas que d'éventuels soupçons à son égard se transforment en certitude et lui vaillent des ennuis pouvant aller jusqu'à l'élimination pure et simple. Hubert avait accepté que l'Allemand l'accompagne à condition que ce soit uniquement en couverture et qu'il se mette ensuite au vert pour un bout de temps.

Il lui serait facile de provoquer une obligation professionnelle qui l'oblige à se rendre au Cameroun pour quelques jours, jusqu'à ce que la situation se soit décantée. Au besoin, il pourrait tomber malade à Douala. L'essentiel était de préserver la position stratégique qu'il occupait au port d'Owendo, avec possibilité de surveiller toutes les cargaisons qui y étaient déchargées. S'il devait quitter définitivement le Gabon, il ne serait pas facile de le remplacer.

Hubert trouva sans difficulté la petite maison qui l'intéressait. Les explications de l'Allemand étaient parfaitement claires. Impossible de se tromper... Après s'être approché prudemment pour vérifier que les abords n'étaient pas surveillés, il franchit la porte d'entrée.

En procédant par recoupements, Karl Model était parvenu à établir que Georges Lacom se cachait chez une certaine Florence Mori qui n'avait rien à lui refuser. Il avait trouvé une confirmation dans la découverte de la voiture du Gabonais à proximité du Marché.

Hubert grimpa silencieusement l'escalier jusqu'au premier, donna un bref coup de lampe stylo pour se repérer, avança jusqu'à la porte où le nom de Florence Mori était inscrit sur un morceau de bristol punaisé.

Un rapide examen de la serrure lui montra que celle-ci était d'un modèle standard, sans complication. Après une courte hésitation, il décida d'ouvrir sans s'annoncer, prit dans son portefeuille un petit objet en acier chromé qui avait amplement fait ses preuves dans d'autres circonstances.

S'il sonnait et qu'on lui demande ce qu'il voulait, Georges Lacom aurait tout loisir pour filer par une des fenêtres plutôt que d'affronter un inconnu dont il était en droit de redouter le pire. Mieux valait le surprendre en plein sommeil.

Evidemment, la solution présentait le risque d'un réveil prématuré en cas de claquement intempestif de la serrure ou si un objet quelconque avait été placé en équilibre derrière le battant. Pour peu qu'il soit armé et cède à la panique, il pouvait se croire en état de légitime défense et se mettre à tirailler sans réfléchir.

Les craintes d'Hubert étaient vaines. Non seulement la serrure consentit à fonctionner avec toute la discrétion désirée, mais un silence de mort régnait dans les lieux.

Deux cadavres, ce n'est jamais très bruyant...

Ils avaient été abattus dans le lit, sans pouvoir esquisser le moindre geste de défense ni, probablement, comprendre ce qui leur arrivait. Trois balles chacun, vraisemblablement tirées par une arme munie d'un silencieux puisque les voisins n'avaient apparemment rien entendu. Sans doute le ou les meurtriers s'étaient-ils introduits de la même façon que lui...

Hubert fronça les sourcils. Dans la mesure où Georges Lacom avait été liquidé sans qu'on cherche à le faire parler, cela signifiait que ses révélations étaient inutiles. Il devenait urgent que Karl Model disparaisse de la circulation !

La chambre avait été fouillée, mais sans conviction. Visiblement, on ne s'attendait pas à trouver quoi que ce soit. De la routine, plutôt baclée, peut-être pour faire croire à un double crime crapuleux de la part de cambrioleurs recherchant uniquement l'argent liquide.

Sage prudence quand on connaissait la promptitude avec laquelle les policiers jouaient de la matraque avant même de procéder à un interrogatoire d'identité. Plus d'un voleur en était ressorti les pieds devant, droit vers la morgue.

Par acquit de conscience, allumant sa lampe avec parcimonie, Hubert entreprit de jeter un coup d'œil sur le désordre. Alors qu'il se penchait pour ramasser un sac à main ouvert dont le maigre contenu était répandu sur le sol, il distingua un rectangle plus clair contre un des pieds du lit.

C'était un de ces cartons blancs, format carte de visite, qu'on pouvait utiliser comme telle en inscrivant son nom. Il ne comportait qu'un numéro de téléphone précédant une flèche désignant les lettres « ST » suivies de la date du jour même. Au-dessous, figuraient les lettres « FP » avec une seconde date, trois jours plus tard. Le tout complété par la mention « Télégr. Poste Rest. » portée entre parenthèses.

Selon toute apparence, un banal pense-bête qui

s'était échappé du sac et avait glissé sous le lit...

Hubert tiqua presque aussitôt en indentifiant le numéro comme celui de l'ambassade américaine. Puis, par association d'idées, il s'avisa que les deux paires de lettres constituaient respectivement les initiales de Sao Tomé et de Fernando Po !

Etrange !

William Spencer, résident de son état, n'avait-il pas son bureau à l'ambassade ? D'autre part, à en croire Karl Model, n'était-il pas en balade touristique à Sao Tomé avant de se rendre à Fernando Po ? Les deux dates coïncidaient tout à fait.

Normalement, d'après l'Allemand, Georges Lacom n'était pas en contact direct avec Spencer. Fallait-il admettre que Florence Mori l'était ? Ensuite, pourquoi et à quel sujet devait-elle télégraphier en poste restante au résident ? Car l'indication entre parenthèses signifiait cela de toute évidence...

Le plus logique était de supposer que le résident utilisait la jeune femme pour « prendre la température » du réseau à l'insu des autres membres. Une sécurité supplémentaire lui permettant de mesurer la dégradation de la situation par une voie directe, de manière à pouvoir parer à une menace dirigée contre lui.

Cela pouvait se défendre, mais l'erreur consistait dans l'absencc de cloisonnement vraiment étanche entre Florence Mori et les autres membres de l'antenne. Indépendamment de ses rapports avec Georges Lacom, qui pouvaient n'être qu'un hasard malheureux, Karl Model était remonté beaucoup trop facilement jusqu'à elle.

En outre, beaucoup plus grave, le numéro de l'ambassade et la mention concernant les télégrammes à envoyer n'auraient jamais dus être consignés par écrit.

Hubert commençait à se poser quelques questions sur la compétence de Spencer...

Sur le point de brûler le bristol, il chercha un carnet d'adresses ou tout autre papier susceptible d'établir la comparaison avec l'écriture de Florence Mori. Aucun doute n'était possible. Le numéro de téléphone et le reste n'étaient pas de sa main. Hubert l'empocha donc afin de pouvoir vérifier ultérieurement.

S'il se révélait que la faute avait été commise par Spencer en personne, il faudrait le faire sacquer séance tenante par Washington.

Sans préjuger de toutes les conclusions qu'on pourrait en tirer...

Hubert ne découvrit rien d'autre et, après un dernier regard vers les deux cadavres, regagna la porte pour quitter les lieux. Il ouvrit le battant, s'avança.

Et se rejeta vivement en arrière, sans réfléchir, étreint par la certitude d'un danger mortel !

Le lourd coupe-coupe qui lui aurait fendu la tête en deux siffla méchamment à vingt centimètres devant son nez, ne rencontrant heureusement que le vide...

Mû par un pur réflexe, Hubert réagit en une fraction de seconde. Tandis que fusait un grognement de dépit, il cueillit au vol le poignet armé qui s'abattait, accompagna la trajectoire vers le bas pour profiter de l'élan et engager un enroulement de l'avant-bras.

L'adversaire avait frappé de toutes ses forces. Surpris par le subit effacement de la cible qu'il espérait atteindre, il ne put freiner à temps son mouvement et contrer la parade. Déséquilibré vers l'avant, il se retrouva magistralement enveloppé avec le bras en porte-à-faux, incapable de résister, l'articulation de l'épaule bloquée à la limite de la rupture, le coude déjà à moitié démis.

Tout en achevant de verrouiller sa prise, Hubert distingua plus qu'il ne vit une seconde silhouette dans l'obscurité quasi totale du palier. Enchaînant par une rotation du buste, il fit promptement pivoter son adversaire pour l'interposer en écran.

Plop ! Plop ! Plop ! Le silencieux de l'arme laissa filtrer un triple clignotement, comme une courte rafale.

Contre lui, Hubert sentit le torse du premier tueur encaisser le choc des projectiles. Une chance que le type soit assez épais pour les arrêter. S'il n'avait eu qu'un gringalet souffreteux pour se protéger, il y aurait eu droit lui aussi.

Cependant que le corps mollissait soudain avec un râle d'agonie, il réussit à saisir le manche du coupe-coupe juste comme les doigts s'ouvraient pour le lâcher, le projeta avec violence vers l'ombre entrevue.

Une chance sux dix ou sur vingt...

Un choc mou, un cri de douleur étranglé, la dégringolade de deux lourds objets d'acier sur le sol du palier ! L'ange gardien d'Hubert ne s'était pas endormi et avait décidé de guider sa main. S'il y avait eu un troisième tueur, nul doute que le plafond aurait choisi cet instant pour rendre l'âme et lui tomber sur la tête.

Tenant toujours son bouclier inanimé devant lui, Hubert avait reculé rapidement pour se mettre à l'abri du mur qui était quand même plus résistant.

De son côté, le second tueur dut se dire que toute nouvelle tentative contre un homme aussi visiblement protégé par un charme était vouée à l'échec. Il y laisserait sa peau à coup sûr et devait s'estimer rudement heureux de s'en tirer à si bon compte. Hubert l'entendit dévaler les marches sans demander son reste.

Le faisceau de sa lampe stylo révéla que du sang maculait la lame du coupe-coupe tombé sur le sol en même temps que l'automatique muni du silencieux. Une traînée de gouttes sombres et vernissées allait jusqu'à l'escalier et suivait les marches. Quant au Noir qui avait opportunément arrêté les balles, il était débarrassé de tout souci terrestre.

Bien entendu, il n'avait aucun papier dans ses poches.

Sans attendre de savoir si le bruit de l'algarade avait réveillé quelqu'un dans la maison, Hubert lui restitua son coupe-coupe, referma la porte du petit appartement, ramassa l'automatique et descendit sans perdre une seconde.

Personne ne chercha à l'intercepter au-dehors et aucune embuscade ne lui avait été tendue à proximité de la *Rancho.* Avant de reprendre le volant, il lança le pistolet dans une bouche d'égout.

L'arme avait sans doute contribué à liquider

Georges Lacom ou Florence Mori, peut-être même tous les deux. Il serait beaucoup trop compromettant de la conserver.

⁂

Non sans réticence, Karl Model avait fini par admettre qu'il était dans son intérêt de ne pas rentrer chez lui et de prendre le premier avion à l'aube pour n'importe quelle destination, qu'il y pleuve ou qu'il y neige.

Cette question réglée, Hubert espérait pouvoir dormir deux ou trois heures.

Alors qu'il s'apprêtait à introduire sa clé dans la serrure, une jeune fille avança le nez au bout du couloir, sourit largement et s'approcha d'un air enjoué.

– Hello...

Une vingtaine d'années, longue et mince, un visage fin et régulier auréolé de bouclettes, un T-shirt agréablement rempli et un jean moulant des hanches plaisantes...

Hubert mit une seconde avant de reconnaître le second personnage figurant sur la photo posée sur le bureau de Francis Netter : la fille d'Olga, avec deux ou trois ans de plus qu'à l'époque où le cliché avait été pris.

– Christine, n'est-ce pas ? demanda-t-il. Vous dîniez avec une amie, je crois ?

Elle se rembrunit un peu.

– Je ressemble donc tant à ma mère ? s'inquiéta-t-elle.

Ce n'était pas une tare inavouable. Néanmoins, comme cela ne paraissait pas l'enchanter, Hubert la rassura.

– La photo, au bureau...

Elle émit un sifflement.

– Vous êtes vachement physionomiste. Je peux vous parler trois minutes ?

Puis, comme Hubert hésitait à ouvrir, elle regarda la porte avec méfiance.

– Vous n'allez pas me dire qu'elle est encore là ou qu'elle est revenue ?

Son visage prit un air de pure innocence.

– Je parle de ma chère mère, naturellement. Est-ce qu'elle fait aussi bien l'amour qu'on le prétend ?

La jeunesse actuelle ne respectait décidément rien !

– Bon, soupira Hubert en repoussant le battant. Que voulez-vous au juste ?

La jeune fille se mit à rire.

– Si je vous le disais, vous seriez capable de rougir !

Tandis qu'Hubert refermait, elle feignit de regarder sous le lit en désordre, se pencha pour examiner le dessous de la table.

– C'est vrai, ce qu'on raconte à propos des micros ? Vous en avez trouvés ? Je connais un vieux cochon qui prétend que sa chambre en est pleine et qu'il est prêt à me les montrer. Il peut se brosser, c'est cousu de fil blanc !

Hubert hésitait à aller ouvrir de nouveau les robinets de la douche. Il y renonça. Cela finirait par devenir suspect, et il fallait bien que les autres se distraient au bout de leurs fils.

– Vous passiez sans doute par hasard dans le couloir ?

– J'étais dans le placard à balais à côté de

l'escalier de service. Entre nous, vous vous êtes fait désirer... Trois quarts d'heure, ça finit par être long !

– Désolé de vous avoir fait attendre.

D'un geste négligent, elle signifia qu'elle était disposée à passer l'éponge.

– Parlons sérieusement, enchaîna-t-elle. Je suis ici pour vous empêcher de semer la zizanie à la maison. Il n'y a vraiment pas besoin de vous pour ça. Ensuite, je veux vous éviter de vous laisser embobiner par ma tendre mère.

– Ah, oui ?

La jeune fille se laissa tomber sur le second lit, s'appuyant en arrière sur ses bras tendus. Son T-shirt dessina deux seins coquins et ronds comme des pommes.

– Que ma mère s'envoie en l'air, ça prouve qu'elle tient toujours la forme. Mais elle a pour principe de ne jamais succomber le premier jour. Il faut que le type tire la langue. Alors, quand je la vois faire une exception à votre profit, c'est qu'il y a du louche...

Sans qu'Hubert puisse placer un mot, Christine enchaînait déjà :

– Elle se croit peut-être la seule à faire les poches de son mari. Dans ce cas, elle se trompe car moi aussi je suis curieuse de nature. Donc, j'ai ma petite idée à votre sujet...

Tandis qu'Hubert se demandait s'il allait la bâillonner ou la propulser sous la douche, elle le rassura de la main.

– D'autre part, comme ce n'est sûrement pas mon beau-père qui vous l'a adressée pour éponger votre libido, il faut que ce soit quelqu'un d'autre.

A vous de trouver ! Une femme possède parfois un passé qui remonte désagréablement à la surface quand on le croit oublié...

– C'est une énigme ?

– Je vous laisse le soin de la résoudre. A cause des micros !

Toujours le même refrain. Hubert se promit de faire très sérieusement le ménage. A moins qu'on en ait coulé dans les murs au moment de la construction, il saurait enfin à quoi s'en tenir.

– Je vous ramène chez vous, proposa-t-il. Nous pourrons discuter tranquillement pendant le trajet.

Christine secoua la tête.

– Pas question ! affirma-t-elle. Il y a le problème de la zizanie !

– C'est-à-dire ?

– J'aime la vie que nous menons ici, expliqua-t-elle. La maison, le soleil, la plage, le tennis, le bateau, les belles voitures, l'argent de poche, les copains et tout le reste. Alors, pas question que vous semiez le schisme !

Elle eut un sourire ravissant, pointa un bout de langue rose entre ses lèvres.

– Moralité, je vous squatterise ! Vingt-quatre heures sur vingt-quatre, quitte à ce que vous vous retrouviez sur les rotules ! Quand ma douce mère verra que j'occupe le terrain et que je suis prête à griffer, elle sera bien obligée d'aller dire au fumier qui la manipule qu'il n'y a rien à faire. Conclusion, il lui fichera la paix et tout le monde vivra heureux...

– On ne vous a jamais flanqué de fessée ?

– Essayez toujours...

CHAPITRE

12

HUBERT SAVAIT désormais quel sentiment on peut éprouver lorsqu'on se fait violer. Pour la première fois de son existence, il avait fallu qu'il y passe et, honnêtement, il ne s'en portait pas plus mal. Simplement, il conservait une certaine langueur dans les muscles. Nullement déplaisante...

Christine n'y était pas allée par quatre chemins. Ou bien il se sacrifiait, ou bien elle se mettait à hurler jusqu'à ameuter tout l'hôtel, promettant de raconter tant de choses horribles sur son compte, entre autres tentative d'étranglement et de mœurs contre nature sur sa faible personne, que la police l'enverrait aussitôt croupir dans la plus répugnante cellule de la prison.

Hubert avait bien songé à la passer par la fenêtre pour avoir la paix. En fin de compte, il avait choisi de préserver la tranquillité des autres clients. Ils avaient bien le droit de dormir...

Si la mère possédait une maturité et une pratique enviables, la fille compensait son inexpérience, encore que très relative, par une fougue absolument extraordinaire.

Un peu plus tard, sous la douche, tandis qu'elle manœuvrait une nouvelle fois pour obtenir ce qu'elle voulait, Hubert avait, lui aussi, atteint le but qu'il recherchait.

Quand on a vingt ans et la reconnaissance des sens, on partage volontiers ses petits secrets dans certaines circonstances...

Hubert en restait encore songeur. Il ne savait trop ce qu'il devait en penser.

La journée promettait d'être à l'image de la veille, modérément chaude sous un ciel où la couverture nuageuse ne laissait percer le soleil qu'à de rares moments. Une faible brise soufflait par intermittence au-dessus de l'estuaire. Les eaux vertes avaient des reflets gris.

Au Gabon, de manière paradoxale, la saison sèche était la moins ensoleillée, avec un ciel souvent couvert. En revanche, pendant la saison des pluies, les journées étaient presque toujours dégagées et très lumineuses. Le temps se détériorait après le crépuscule, et les formidables tornades tropicales éclataient pendant la nuit.

Par provocation, Christine avait voulu téléphoner elle-même pour commander deux petits déjeuners capables de rassasier un ogre adulte. Après quoi, elle avait consenti à rentrer chez elle pour faire la grasse matinée. Elle expliquerait qu'elle avait dormi chez son amie.

Hubert se demandait si elle n'allait pas s'offrir le luxe d'une basse vengeance en révélant la vérité à sa mère. Elle était heureusement majeure, et les temps avaient changé. On ne venait plus laver l'honneur d'une pure jeune fille en revolvérisant le vil séducteur.

Maintenant, sans trop de surprise, il avait redécouvert la Simca verte dans son sillage. De nouveau fidèle au poste, l'Africain qui conduisait était seul à bord. Il avait dû réussir à échapper à ses poursuivants la nuit précédente.

Passant sans s'arrêter devant les bureaux de Francis Netter et l'agence *UTA,* Hubert continua jusqu'au long bâtiment blanc de la poste. A l'extérieur et autour de l'entrée centrale, des vendeurs haoussas en boubou blanc ou bleu vendaient des souvenirs pour touristes, colliers de pierres vertes du Zaïre, statuettes en bois ou en bronze, bracelets en poils d'éléphant.

Après avoir acheté une dizaine de timbres pour affranchissement courant dans le grand hall du premier étage, Hubert alla faire un tour à la « philatélie », bureau séparé vendant au rez-de-chaussée les timbres de collection. Ressortant ensuite, il prit la rue Lafond perpendiculairement au front de mer et marcha jusqu'à la librairie située au-delà des Chèques Postaux. Il y acheta des cartes postales, un plan de la ville, une brochure sur le pays. De quoi fournir à son suiveur matière à remplir son rapport.

En face, se trouvait le magasin d'une grande société de matériel électrique. Il y entra pour demander les prix de téléviseurs et de machines à laver, discuta un peu des conditions du service après-vente, en tira intérieurement la conclusion qu'il était préférable de ne pas connaître de panne, remercia et redescendit la rue pour rejoindre la *Rancho.*

Pendant cinq minutes, il rédigea un certain nombre de cartes postales destinées à de parfaits inconnus et comportant des textes sans aucun sens pouvant passer pour des messages conventionnels. Ouvrant sa portière comme s'il avait l'intention de les jeter dans la boîte, il affecta de consulter sa montre et de se découvrir brusquement en retard.

Moteur, rapide marche arrière pour se dégager, démarrage sur les chapeaux de roue et accélération brutale pour reprendre la direction du *Dialogue* et de l'aéroport...

D'abord distancée, la Simca parvint à remonter pour recoller, à la distance immuable de cent cinquante mètres. Son conducteur devait se féliciter de ne pas s'être laissé totalement surprendre par cette tentative évidente pour lui fausser compagnie...

Tout en le surveillant dans le rétroviseur, Hubert continua à conduire rapidement. Il n'était pas le seul à ignorer superbement la limitation de vitesse, et une éventuelle patrouille de police n'avait pas plus de raisons de l'arrêter qu'un autre. Par ailleurs, il aurait fallu une crevaison ou un accident pour que la Simca perde le contact sur la large voie à deux chaussées séparées. En roulant complètement à gauche, aucun risque...

Cela faillit pourtant se produire au feu rouge de Mbolo, mais Hubert s'en aperçut à temps et ralentit juste assez pour que son suiveur réussisse à combler son retard un peu après avoir dépassé l'ambassade de Chine. Pareille constance méritait une médaille!

Une camionnette bleue de la gendarmerie avait embouti un command-car militaire à la hauteur du lotissement des Cocotiers, prouvant que les représentants de l'ordre public n'étaient pas à l'abri d'une distraction. A cause des curieux qui voulaient voir et se régaler des invectives échangées par les deux conducteurs, un bouchon s'était formé ponctué par de grands coups d'avertisseur impatients. Une voiture possédait même une sirène jouant les premières notes du « Pont de la rivière Kwaï ». Impossible d'arrêter le progrès...

Au-delà, cela roulait de nouveau facilement. Délaissant l'embranchement conduisant au Camp des Gardes en face du lycée technique, Hubert atteignit bientôt les installations militaires de l'aéroport, puis ce dernier. Un DC 10 d'*UTA* était en train de rejoindre l'extrémité de la longue piste avant de s'élancer pour décoller.

Hubert dut lever le pied pour négocier le virage longeant le parking encombré de voitures et gagner l'embranchement de la petite route du Cap Estérias. Derrière, la Simca s'était rapprochée et s'y engagea à sa suite sans l'ombre d'une hésitation.

Cela devenait un peu gros. Ou bien la main-d'œuvre locale était vraiment d'une innocence affligeante, ou bien la filature était volontairement ostensible.

Situé à une trentaine de kilomètres de Libreville, le cap Estérias marquait l'extrémité nord de l'estuaire du Gabon. Réputé pour ses plages dépourvues de barre et bordées de grands cocotiers, il comprenait un hôtel-restaurant, quelques auberges sans prétention et une petite colonie de hippies qui ne faisaient de mal à personne. La route traversait une réserve forestière que les touristes pouvaient visiter en se donnant l'illusion d'être de grands explorateurs du continent noir. Plusieurs villages de pêcheurs leur permettaient en outre d'utiliser leurs appareils de photo ou leurs caméras pour ramener des images follement authentiques.

Hubert n'avait pas l'intention de pousser jusqu'au cap. Au bout de cinq ou six kilomètres, il trouva ce qu'il cherchait, une piste s'éloignant de la route à angle droit et masquée par d'épais bosquets exubérants. L'ayant aperçue au dernier moment, il dut donner un violent coup de frein et braquer brutalement pour s'y engager dans un nuage de poussière.

La *Rancho* renâcla un peu devant le traitement qui lui était infligé, dérapa légèrement en mordant l'extérieur du virage jusqu'à tutoyer les hautes herbes, se rétablit finalement avec un gémissement réprobateur sans songer à verser sur le toit.

Hubert freina de nouveau à dix mètres, pour stopper. Laissant en prise pour ne pas perdre un seul instant, il se contenta de couper le contact en ouvrant sa portière pour jaillir au-dehors.

Il eut juste le temps de courir jusqu'au croisement et de s'accroupir au milieu de la végétation.

Le conducteur de la Simca s'était borné à ralentir un peu pour prendre son virage et suivait le mouvement sans sourciller.

La stupéfaction se peignit sur ses traits lorsqu'il découvrit la *Rancho* immobilisée qui barrait la piste. Son réflexe fut de freiner sec, mais il n'eut pas le temps de se poser des questions, encore moins de passer la marche arrière pour battre en retraite. Déjà, Hubert avait bondi et ouvert la portière pour l'empoigner par le col et l'extraire du véhicule. En un tournemain, il se retrouva à genoux sur la latérite de la piste, un bras retourné et remonté dans le dos de telle sorte qu'il ne puisse plus bouger. Un gémissement d'effroi lui échappa.

– Non... Non... Je ne vous ai rien fait...

Tout en maintenant sa prise d'une main, Hubert avait commencé à le palper de l'autre pour le soulager d'une arme éventuelle. Le couteau à lames multiples qu'il récupéra ne constituait pas un butin enthousiasmant.

– Attention, prévint-il. Dans cette position, un os casse aussi facilement qu'une allumette!

Le Noir gémit derechef.

– Je ne suis qu'un pauvre Africain...

– Un os d'Africain n'est pas plus solide! Pourquoi me suis-tu depuis hier?

– Comment ça, vous suivre? Je ne comprends pas ce que...

Hubert pesa un peu plus sur l'articulation et l'autre couina. Un grand douillet!

– Je vous jure...

– Je compte jusqu'à cinq, coupa Hubert sèchement. Après, crac!

Il exerça une nouvelle pression mesurée contre le bras retourné à titre d'exemple.

– Un... deux...

– Je vous dis tout, fit précipitamment le Noir. C'est le lieutenant Nzogo qui m'a envoyé à l'aéroport pour vous attendre. Je devais vous suivre partout et lui téléphoner chaque fois que vous alliez voir quelqu'un.

– Comment pouvais-tu me reconnaître ?

– Le lieutenant Nzogo m'avait donné les numéros de trois voitures. Je n'avais qu'à surveiller celle que je verrais sur le parking, vous monteriez sûrement dedans.

– Les deux autres numéros ?

– Je ne m'en souviens pas. Ils étaient notés sur un papier et je l'ai jeté.

Ce n'était pas impossible.

– Qui est le lieutenant Nzogo ?

– Tout ce que je sais, c'est qu'il travaille à la Sécurité Militaire ou quelque chose comme ça. Je suis obligé de faire ce qu'il veut parce qu'il peut m'envoyer en prison...

– Et moi, je vais t'envoyer à l'hôpital si tu te paies ma tête !

– Je vous jure que c'est la vérité...

Pour le prouver, le Noir se lança dans une de ces inextricables histoires africaines, mêlant étroitement les querelles de familles et de tribu, des pots-de-vin subtilisés au passage, une petite escroquerie, une affaire de fille à peine nubile fournie à un sexagénaire amateur, la menace de la famille de porter plainte parce qu'elle n'avait pas perçu la somme promise, le tout assaisonné d'un envoûtement à distance et de trois brins de sorcellerie.

Hubert préféra arrêter les frais avant qu'il n'en arrive à la réincarnation des morts sous la forme d'hommes-léopards. Le Gabonais s'appelait Basile Mapiwo. La nuit dernière, il s'était enfui parce qu'il s'était cru attaqué par des brigands. Ce n'était pas un mensonge. Il n'y avait pas si longtemps, des policiers s'étaient fait une spécialité de rançonner les automobilistes circulant de nuit sur la route d'Owendo, leur volant jusqu'à leurs vêtements après les voir copieusement rossés. Le journal, la radio et la télévision en avaient parlé...

Hubert réussit encore à obtenir deux ou trois détails avant de subir la longue liste des calamités frappant le malheureux Basile Mapiwo : sa femme qui l'avait quitté, son vieux père qui s'était fait mordre par un mamba, sa vieille mère impotente, le chômage...

Il était vraiment à plaindre. Ou alors, c'était un comédien hors pair.

— Comme tu n'as pas dû dormir beaucoup cette nuit, tu vas pouvoir te rattraper...

Malgré ses protestations éplorées, Hubert débarrassa le coffre arrière de la Simca et obligea Basile Mapiwo à s'allonger à l'intérieur, plié en deux. C'était un peu juste pour prendre toutes ses aises, mais il n'était pas très grand ni très corpulent.

— Je téléphonerai au lieutenant Nzogo de venir te délivrer, dit-il en refermant le couvercle. Je vais même avancer la voiture sous les arbres pour que tu n'aies pas trop chaud.

*
**

Une des poignées de bois serrée entre les dents, ruisselant de transpiration, Enrique s'acharnait en se contorsionnant. Il avait déjà réussi à trancher trois morceaux des liens qui lui ligotaient les bras dans le dos, mais ils avaient dû en utiliser dix mètres au moins.

A plusieurs reprises, il s'était entaillé la peau contre le fil de sa corde à piano et avait dû s'arrêter pour reprendre des forces, littéralement épuisé. Si encore ses bras avaient été attachés devant ! Ç'aurait été trop simple...

Il lui avait d'abord fallu près de deux heures pour parvenir à sortir la corde de sa poche, pour ajuster les deux poignées à tâtons puis pour trouver comment les coincer, la tête tournée à fond au-dessus de son épaule. Ensuite, le temps avait cessé de compter tandis qu'il travaillait maladroitement, en sueur, ne pouvant bouger que de deux centimètres à la fois.

Un travail de Romain, les muscles douloureux, avec la crainte permanente d'un faux mouvement qui lui aurait tranché irrémédiablement les artères ou les veines du poignet !

Il s'obstinait malgré tout, refusant d'abdiquer, soutenu par une sorte de rage, une volonté farouche de recouvrer la liberté.

Un nouveau brin céda, puis un autre, encore un troisième...

Désormais, il pouvait écarter les coudes. La suite allait être plus facile.

Toutes proportions gardées, car il lui fallut encore près d'une heure d'efforts inlassables, entrecoupés de pauses, pour parvenir à se libérer entièrement. Enfin!

Tandis que les battements de son cœur se calmaient peu à peu, Enrique se frictionna les avant-bras et les mains pour rétablir la circulation. Il se massa ensuite le cou qu'il avait dû conserver tourné au maximum pendant tout le temps, tendu en permanence pendant que ses dents maintenaient la poignée de bois. C'était rudement bon de pouvoir de nouveau remuer la tête.

Finir de détacher ses jambes et ses chevilles ne fut qu'un jeu d'enfant. Après quelques mouvements d'assouplissement, Enrique se sentit d'attaque. L'exaltation lui communiquait un second souffle, balayant sa fatigue.

Si un des guignols s'amusait à venir voir s'il dormait, il allait avoir une sacrée surprise.

A en perdre la tête...

Enrique forma une boucle pour s'assurer qu'il n'avait pas perdu la main, tira vivement sur les poignées. La corde mordit dans le vide et se tendit en vibrant.

La porte de la pièce dans laquelle il se trouvait était fermée à clé, mais le bois vermoulu n'offrait plus qu'une résistance symbolique. D'une forte traction, il arracha la gâche dont les vis à moitié rouillées cédèrent avec un craquement sonore.

Bondissant au-dehors, il prépara sa corde pour gratifier le premier garde d'un collier en bon acier tranchant.

Déception... Confiants dans la solidité des liens, n'imaginant pas qu'il pourrait se servir de la corde pour se libérer, les autres n'avaient même pas laissé une sentinelle...

En vérité, sans son instrument de prédilection, Enrique en serait toujours à se tortiller sur le sol sans avoir seulement rompu le premier brin de ses liens.

Attendre qu'ils reviennent? C'était réalisable s'ils n'étaient qu'un ou deux parce qu'il pourrait utiliser la surprise à son profit. En revanche, s'ils débarquaient à quatre ou cinq et solidement armés, tous ses efforts n'auraient servi à rien. La situation serait même pire car ils redoubleraient de méfiance.

L'endroit où on l'avait enfermé était une vieille maison abandonnée. Sur la gauche, à travers les arbres, des lumières brillaient. Probablement Franceville.

Enrique ne tenait pas à y retourner. Non seulement son hôtel était peut-être toujours surveillé dans l'hypothèse où il aurait eu un contact, mais un Blanc circulant à pied en pleine nuit attirerait l'attention. Inutile de se faire repérer bêtement et reprendre.

Par la piste, Moanda était à une soixantaine de kilomètres, huit ou dix heures de marche compte tenu du terrain. Totalement exclu.

En revanche, Enrique pouvait profiter de l'obscurité pour mettre un maximum de distance entre Franceville et lui. Ensuite, à l'aube, ce serait bien le diable s'il ne réussissait pas à arrêter un véhicule conduit par un Européen pour se faire déposer à Moanda.

Etant donné qu'on lui avait laissé son portefeuille et son argent, et à condition de prendre ses précautions, il pourrait embarquer dans le premier avion.

CHAPITRE

13

ASSIS DERRIÈRE son grand bureau moderne, Francis Netter affichait une expression à la fois soucieuse et embêtée. Comme il n'avait pas lacéré ou piétiné la tendre photo de famille toujours en place dans son cadre, il devait s'agir de préoccupations professionnelles.

– Je ne sais trop comment aborder le sujet, fit-il sombrement. C'est ennuyeux...

En dehors du ronronnement doux du climatiseur, on ne percevait qu'à peine les deux machines à écrire que les secrétaires martelaient avec allégresse dans le bureau voisin. Insonorisation de bon aloi qui ne justifiait pas le ton confidentiel que le Franco-Américain avait adopté.

– Dans un premier temps, j'ai été tenté de n'y voir qu'une manœuvre d'intoxication de la part de l'adversaire, ajouta-t-il. Mon premier réflexe a été de tout balancer au panier et de ne plus y penser. A la réflexion, je me suis dit qu'il y avait peut-être anguille sous roche et que je devais vous en parler...

Hubert résolut de lui tendre la perche.

– Spencer ?

Francis Netter hocha la tête.

– On m'a répercuté un message qui lui était destiné. Sans doute une erreur d'aiguillage... Je ne suis pas en mesure d'identifier le groupe-chiffre de l'envoyeur et le lieu d'émission n'est pas précisé. Il semblerait toutefois que le correspondant soit au Congo-Brazzaville, à moins que le texte ne provienne directement de Washington, et d'une source parallèle au canal que nous utilisons habituellement. C'est la première fois que cela se produit en ce qui me concerne.

– Teneur du message ?

– Deux éléments, répondit le Franco-Américain. Le correspondant signale que les « brochures illustrées » commencent à arriver et sont en cours de dédouanement. Ensuite, il indique qu'on n'attend plus que l'expéditeur pour procéder à la distribution à Pointe-Noire et Brazzaville.

– Pouvez-vous me montrer ce texte ?

– Je ne l'ai pas ici. J'ai préféré le ranger, là où je conserve mes archives plutôt que de courir le risque qu'il tombe entre n'importe quelles mains. Si vous y tenez, je pourrai le récupérer dans la soirée.

Hubert eut un geste d'indifférence.

– Aucune importance, fit-il. Dites-moi plutôt comment vous l'interprétez.

Francis Netter réfléchit deux secondes, comme s'il désirait bien peser ses mots.

– Supposons que les « brochures illustrées » soient les armes qui nous intéressent et qu'elles soient en réalité destinées à équiper certains Congolais. Supposons aussi que Spencer ne se soit rendu à Sao Tomé et Fernando Po que pour brouiller sa piste. Sa véritable destination pourrait être Pointe-Noire ou Brazzaville.

– Autrement dit, le coup d'Etat en préparation aurait lieu au Congo et non pas au Gabon ?

– Simple hypothèse, mais beaucoup plus plausible. Le gouvernement congolais actuel flirte ouvertement avec les pays de l'Est. Il dispose déjà d'un petit contingent de « conseillers » cubains, mais il pourrait en arriver beaucoup plus. N'oubliez pas que le Congo possède une frontière commune avec le Cabinda où ils sont de plus en plus fortement implantés. Cela pourrait se faire très discrètement. Ensuite, à partir du Congo, ils pourraient lancer des raids vers le Gabon ou vers le Zaïre en menaçant directement Kinshasa !

Il jeta un rapide coup d'œil à Hubert.

– Washington pourrait avoir résolu de neutraliser les militaires au pouvoir au Congo pour les remplacer par des hommes qui renverraient les Cubains et tourneraient le dos à Moscou. Afin de brouiller les cartes, on aurait choisi Spencer. A charge pour lui de recruter certains officiers gabonais pour assurer le transit des armes destinées aux conjurés congolais.

La formule n'était pas tellement invraisemblable, mais il y avait un hic !

– Vous oubliez l'enregistrement de la réunion qui s'est tenue à la *Cochinchinoise*...

– Absolument pas, répliqua Francis Netter. Nous en avons déduit qu'il s'agissait uniquement d'officiers gabonais parce que cela se passait à Libreville. Rien n'est moins sûr puisqu'ils employaient des noms de code. A part celui qu'il a fallu supprimer, tous les autres pouvaient être des Congolais...

Le bourdonnement du téléphone l'interrompit. Il prit le combiné, écouta et le tendit à Hubert.

– Pour vous.

C'était Enrique.

– Je viens de rentrer au *Dialogue* et j'ai trouvé votre mot, expliqua celui-ci. Il faudrait que je vous parle de mon voyage. Il m'a ouvert des horizons...

Un peu plus de cinq minutes plus tard, Enrique pénétrait dans le bureau de Francis Netter. Il eut tôt fait de résumer sa mésaventure, passa rapidement à la conclusion.

– Si vous voulez mon sentiment, on est en train de tourner en rond comme un chien qui cherche à se mordre la queue, déclara-t-il. On s'excite sur un rideau de fumée alors qu'il n'y a rien derrière. Washington amuse la galerie au Gabon pour « couvrir » le coup qui se prépare au Congo !

Hubert dut admettre que les révélations de l'Espagnol recoupaient très exactement les déductions auxquelles Francis Netter était arrivé par un autre chemin.

Concordance remarquable.

– Connaissez-vous un certain lieutenant Nzogo ? demanda-t-il.

Le Franco-Américain plissa la bouche.

– Le nom me dit quelque chose. Sauf erreur, il appartient plus ou moins à la Sécurité Militaire gabonaise. Pourquoi ?

– Simple curiosité...

***

Le lieutenant Jean-Simpley Nzogo se demandait de quelle manière il devait interpréter la disparition de Basile Mapiwo. Cette subite évaporation lui posait un problème.

Venant après le demi-échec enregistré par Olga Netter, cela devenait préoccupant...

Honnêtement, il s'estimait en partie responsable. Une femme n'est bonne qu'à faire l'amour. Sorti de là, il ne faut pas s'attendre à des merveilles ! Encore heureux qu'elle n'ait pas révélé à l'Américain que c'était lui qui l'avait précipitée dans son lit.

Le Gabonais essayait d'imaginer un moyen pour rattraper l'affaire quand plusieurs coups frappés contre sa porte l'arrachèrent à ses réflexions. Il cria d'entrer.

Alors qu'il s'attendait à l'apparition d'un quelconque planton porteur d'une note de service, il eut la surprise de reconnaître le lieutenant Okumba, vêtu d'une chemise et d'un pantalon qui n'avaient rien de militaire.

– Comment vas-tu ? demanda-t-il en se levant. Ça me fait plaisir...

Son large sourire ravi dissimulait parfaitement

sa méfiance. De notoriété publique, Victor Okumba marchait la main dans la main avec les Français. Son idéal semblait se résumer à transformer les services spéciaux gabonais en une simple annexe aux ordres de Paris.

– Je passais, affirma Okumba. J'ai eu envie de voir ce que tu devenais.

Il s'assit et poussa un soupir.

– On te regrette d'autant plus que tu te fais rare, reprit-il. Depuis ta mutation, les choses ne sont plus ce qu'elles étaient...

Nzogo voulait bien le croire. Les empêcheurs de tourner en rond, on préférait les voir ailleurs. Depuis son départ, plus besoin de se gêner...

– Bon, attaqua-t-il. Que veux-tu ?

Une discussion à l'africaine aurait réclamé une bonne heure de palabres avant de commencer à aborder le sujet en l'entourant de toutes sortes de circonlocutions. Autant gagner du temps.

Okumba marqua une brève hésitation.

– Tu as sûrement entendu parler d'une affaire d'armes ? déclara-t-il enfin. Cette histoire nous préoccupe...

– Qu'entends-tu par « nous » ? coupa Nzogo. Les Gabonais ? Les Français ? Les Américains ?

Okumba ne se vexa pas.

– Tout le monde, répondit-il. Et, à moins que tu ne sois dans le coup, toi en premier !

Il leva la main pour garder la parole.

– Nous nous connaissons depuis trop longtemps, ajouta-t-il. Je n'ignore pas ce que tu sais à mon sujet. De mon côté, je pense que ta mutation n'est pas du tout une disgrâce comme on a voulu le faire croire. Contrairement à quelques-uns qui prétendent que tu es l'homme des Américains et que tu leur prépares le terrain, je suis persuadé qu'il n'en est rien et que tu n'as aucune ambition personnelle.

– C'est de la pommade ?

– Je t'explique seulement pourquoi je suis venu te trouver.

Jean-Simpley Nzogo acquiesça lentement.

– Si je comprends bien, la situation est plutôt sérieuse ?

– Elle risque en tout cas de le devenir rapidement.

– Je t'écoute, dit Nzogo. Vide ton sac.

*
**

Hubert était interdit de séjour au *Dialogue*. Fidèle à ses promesses, Christine avait investi l'hôtel et allait voir toutes les vingt minutes si sa clé était toujours au tableau pour s'assurer qu'il n'était pas entré par la plage pendant qu'elle surveillait la grande porte.

Un vrai pot de colle ! S'il avait le malheur de se laisser mettre le grapin dessus, il n'arriverait plus à la décramponner.

Installé au bar du *Komo,* le complexe de l'avenue Bouet comprenant brasserie-restaurant, cinéma climatisé et salle de danse, Hubert attendait avec philosophie qu'Enrique revienne d'une « liaison-courrier » au *Dialogue.* Christine finirait bien par se lasser.

La nuit tombait sur Libreville, et les premiers clients commençaient à arriver pour prendre l'apéritif. On échangeait les dernières nouvelles.

Le président gabonais se déclarait de nouveau partisan d'une force inter-africaine et prêt à envoyer des troupes dans la région de Kolwezi. Au Tchad, une colonne de rebelles toubous armés par la Libye venait de se heurter à un détachement de l'armée régulière appuyé par des éléments du 1er régiment de cavalerie et par des avions Jaguar français. Un appareil avait été touché par un missile Sam de fabrication soviétique, mais les rebelles du Frolinat avaient été taillés en pièces.

Un Gabonais ni grand ni petit, plutôt effacé, venait de s'installer sur le tabouret voisin de celui d'Hubert.

– Qu'avez-vous fait de cet imbécile de Basile Mapiwo ? demanda-t-il en saluant d'un signe courtois de la tête.

Hubert reposa lentement son verre de *J. & B.*, répondit au salut.

– Où nous sommes-nous déjà rencontrés ? feignit-il de s'interroger.

– Ne cherchez pas, je suis le lieutenant Nzogo. Basile Mapiwo n'est qu'un idiot, mais j'espère quand même que vous ne l'avez pas... trop bousculé. Ce serait disproportionné.

Touchante démarche d'un chef soucieux de la sécurité de son petit personnel.

– Quand nous nous sommes quittés, il n'était pas très content mais en excellente santé, le rassura Hubert. Envoyez quelqu'un sur la route du cap Estérias. Quatre ou cinq kilomètres après l'aéroport, il trouvera une piste sur la droite et la Simca. Dans le coffre arrière... J'ai laissé les clés en place au tableau.

Il esquissa un mouvement pour héler le garçon, mais le Gabonais le retint.

– Merci, je ne faisais que passer...

Il redescendit de son siège.

– On raconte beaucoup de balivernes ces temps-ci. A propos d'armes ou de dissensions au sein de l'armée gabonaise. Rendez-vous compte qu'on dit même que la CIA s'apprêterait à nous faire un enfant dans le dos! Bien entendu, aucun de mes collègues n'en croit un traître mot, pas plus que nos amis français. Je vous souhaite une excellente soirée.

Hubert le regarda sortir sur le trottoir en se demandant à quoi pouvait rimer cette intervention et cette mise en garde.

Il fut interrompu par l'arrivée d'Enrique, tout sourire.

– La petite est toujours fidèle au poste, annonça celui-ci. Quant à la mère, elle vous fait savoir que vous lui devez une invitation et se pointera à huit heures pile à la *Paillote.* Vous permettez que j'amène une amie? On s'installera à une autre table pour ne pas vous gêner...

***

Apportant un démenti à la légende voulant qu'une jolie femme se fasse attendre, Olga Netter rangea sa voiture à huit heures très précises devant la *Paillote.* Hubert marcha jusqu'à elle, prit sa main, la retourna et en effleura la paume de ses lèvres.

– Tu es ravissante...

– Je me demandais si tu serais là, dit-elle. Impossible de te joindre à ton hôtel.

Et pour cause !

Délimité par une rangée d'arbustes bas, le restaurant était tout en profondeur, les murs latéraux peints en blanc et percés. Une forte poutre horizontale supportait le toit en pente d'où descendaient des lanternes ajourées dispensant une lumière discrète au-dessus des nappes rouges des tables. Tout au fond, à droite, un bar circulaire affectait la forme d'une paillote décorée d'armes et de masques africains. Des haut-parleurs diffusaient une musique d'ambiance.

Dans l'angle du muret en pierre séparant la salle de la terrasse, Enrique et Marylène Sauvageon semblaient très sérieusement plongés dans l'étude approfondie du menu.

Hubert demanda au maître d'hôtel de les placer à une table suffisamment éloignée. Inutile de tenter le diable...

– Je devrais être fâchée après cette nuit, reprocha Olga. Tu t'es conduit comme le dernier des mufles en me mettant à la porte comme ça !

Hubert se pencha, confidentiel.

– Le métier d'espion a des exigences terribles ! Quand j'ai pu me débarrasser de mon visiteur, impossible de m'endormir...

– Tu n'avais qu'à me téléphoner, je serais revenue.

– J'y ai bien pensé, mais j'ai eu peur de tomber sur ton mari s'il était rentré. Cela nous aurait placés tous les trois dans une position gênante...

Olga Netter posa la main sur la sienne.

– A propos de lui, je suis allée faire un tour au bureau quand il n'y était pas et j'ai jeté un tout petit coup d'œil dans le coffre, déclara-t-elle. J'ai trouvé quelque chose qui t'intéressera sûrement.

Hubert la regarda, attentif.

– Ah, oui ?

La jeune femme secoua la tête.

– Mangeons d'abord, fit-elle. Sinon, tu serais capable de filer sans me nourrir...

Ils commandèrent des papayes au citron et deux filets de bœuf rhodésien, tendres et fondants. Tout en dévorant comme si elle devait satisfaire une faim de huit jours, Olga parlait de tout et de rien, avec un art bien féminin de transformer une séance chez le coiffeur en feuilleton à sensation.

Lorsqu'il jugea qu'elle ne pouvait plus invoquer le vide de son estomac, Hubert ramena la conversation sur le sujet précédent.

– Tes fameuses découvertes ?

Elle hésita, comme si elle cherchait un prétexte, finit par renoncer.

– Il y avait d'abord des doubles de messages télex en code, mais j'ai pu voir qu'ils avaient été échangés avec Washington et avec le Congo-Brazzaville, expliqua-t-elle. Ensuite, j'ai trouvé une feuille portant deux noms de militaires : caporal Bouissoukou et lieutenant Guéghet. Il n'y avait pas d'adresse, mais un plan dessiné à la main et indiquant une villa juste à côté de la Maison Evolutive, tout près de l'IGN. C'est dans le quartier de Batterie IV, pas loin d'ici.

Hubert affectait d'écouter avec la plus grande attention. Si ces papiers se trouvaient dans le coffre de Francis Netter, pourquoi n'en avait-il pas parlé ? Plus probablement, la jeune femme récitait la leçon que le lieutenant Nzogo voulait lui voir répéter.

Du moins, s'il la tenait réellement comme Christine l'avait prétendu sous la douche...

Le maître d'hôtel s'approcha alors et s'inclina vers elle.

– On vous demande au téléphone, madame...

Olga alla prendre la communication et revint au bout d'une minute, très pâle.

– Je suis désolée, mais je dois partir, fit-elle. Un ennui à la maison...

Hubert s'était levé.

– Je vais te raccompagner.

– Merci, mais je n'y tiens pas, refusa-t-elle. Je suis vraiment navrée...

Tandis qu'elle s'éloignait rapidement, Enrique qui n'avait pas bougé de sa place signifia d'un geste discret qu'il n'y était pour rien, tout en demandant du regard s'il devait la suivre.

Et, brusquement, Hubert comprit. Sortant trois billets de 5000 Francs CFA, très largement de quoi couvrir l'addition, il fit signe au maître d'hôtel et se dirigea à son tour vers la sortie.

Olga avait déjà démarré. Il rejoignit la *Rancho* et s'installa derrière le volant, tassé contre le siège pour éviter de trop se silhouetter si des phares l'éclairaient.

Ce ne fut pas long. Deux minutes plus tard, la voiture de Christine vint se garer juste à l'emplacement laissé libre par sa mère.

A coup sûr, c'était elle qui avait téléphoné, prétextant sans doute quelque drame familial. Elle espérait trouver la place libre.

Hubert attendit qu'elle soit entrée dans le restaurant et démarra.

CHAPITRE

14

L'AMBASSADE RUSSE était une belle et luxueuse villa dont le jardin était illuminé comme en plein jour, pour éviter que quelqu'un ne soit tenté d'escalader les grilles et d'aller y voir de plus près. Il devait y avoir aussi quelques détecteurs discrètement camouflés. En pays capitaliste, les authentiques représentants des masses laborieuses ne sont jamais trop prudents.

Légèrement en retrait d'une des grilles, un grand panneau vantant les mérites de l'Angola démocratique et de ses grandes réalisations populaires, photos à l'appui. Le paradis sur terre... On n'y voyait aucun Cubain, preuve évidente des mensonges de la presse soumise aux puissances de l'argent.

L'IGN se trouvait plus haut dans la rue Kringer après deux tournants. Plus haut encore, les guirlandes multicolores de la *Cochinchinoise* brillaient dans la nuit. C'était presque un retour au point de départ. La proximité de la villa signalée par Olga Netter expliquait peut-être pourquoi et comment le restaurant avait pu être aussi facilement surveillé quand Georges Lacom était venu rechercher le magnétophone.

Hubert avait arrêté la *Rancho* après le premier tournant, le capot dans le sens de la descente afin de pouvoir regagner le plus rapidement possible le front de mer en cas de nécessité. De l'autre côté du mur surmonté de grillage délimitant le jardin d'une vaste villa, deux énormes molosses immobiles montaient la garde. Ils étaient parfaitement dressés et n'avaient pas proféré le moindre grognement. Mieux valait toutefois ne pas aventurer une main à leur portée.

– Ça ne me plaît pas beaucoup, observa Enrique. Cette histoire pue le coup fourré !

Il secoua la tête.

– Votre lieutenant Nzogo n'est pas assez grand pour faire ses commissions lui-même ?

– Venant de lui, nous nous méfierions par principe. N'oubliez pas qu'il ignore que la fille m'a renseigné sur la mère.

– Ça ne m'emballe pas plus ! maugréa Enrique. Pourquoi ne les cueille-t-il pas s'il les a localisés ?

– Il manque peut-être de preuves.

– Ou bien il veut nous mouiller, et nous allons lui fournir le prétexte qu'il attend. Avec ces Noirs et leur esprit tordu...

– Ne soyez pas raciste.

– On voit que vous n'avez pas passé toute la nuit dernière à suer pour vous détacher !

– Arrêtez, vous allez me faire pleurer.

Suivant les zones d'obscurité plus dense, ils entreprirent de remonter la rue. La pente s'accentuait pour grimper jusqu'à la paroisse Saint-André. L'un derrière l'autre, espacés de plusieurs mètres, ils atteignirent bientôt le niveau de la Maison Evolutive, dont la raison sociale était inscrite sur un panneau situé en retrait et éclairé par un spot électrique.

Cela permettait de distinguer la construction voisine, une petite villa en cours d'achèvement dont le jardin n'avait pas encore été déblayé et aménagé. Aucune lumière ne filtrait des fenêtres aveugles.

Hubert indiqua à Enrique qu'il y allait, l'invitant du geste à demeurer en couverture. Il s'avança jusqu'à une petite bétonnière renflée dont la gueule pointait vers les nuages encombrant le ciel. Silencieusement, attentif à ne pas marcher sur un bout de planche ou sur un morceau de verre qui auraient craqué sous sa semelle, il contourna la villa sans déceler de trace d'occupation.

Le renseignement d'Olga n'était-il qu'un canard ?

Une fois de plus, il put vérifier que la porte de derrière avait été négligée et n'offrait qu'un obstacle symbolique. Neuf sur dix des architectes ou des propriétaires prévoyaient un renforcement de la porte de devant, souvent avec des barres de sécurité, mais négligeaient curieusement l'entrée de service. Les cambrioleurs le savaient bien et s'évitaient des efforts inutiles en passant par derrière. Dans bien des cas, ils trouvaient même une fenêtre ouverte.

A l'intérieur, Hubert donna un coup de lampe-stylo pour s'orienter. On avait déjà installé une machine à laver le linge dans l'office, mais le reste du mobilier n'avait pas encore été livré.

Deux lits de camp avaient été dressés dans une des deux pièces destinées à servir de chambre. Celui de gauche était occupé par un Noir qui ne risquait plus de se réveiller.

Outre ses yeux ternis qui demeuraient grand ouverts, une balle de calibre respectable lui en avait foré un troisième au beau milieu du front. Un double filet de sang s'était écoulé vers les tempes, déjà sec, formant une espèce de bandeau sinistre.

D'après la description minutieuse d'Enrique, il s'agissait du caporal Bouissoukou. Il devait être assis ou en train de se redresser quand son assassin l'avait rallongé de manière définitive. Il n'avait pas survécu bien longtemps à la corde à piano! Peut-être avait-on voulu le punir d'avoir parlé et révélé le nom du lieutenant Adolphe Guéghet. L'évasion d'Enrique de Franceville risquait d'avoir entraîné la décision de le supprimer.

Ce n'était qu'une hypothèse parmi plusieurs autres. Hubert se demanda si le lieutenant Nzogo n'allait pas choisir cet instant pour débarquer en fanfare et l'accuser du meurtre, afin de l'éliminer du circuit ou de disposer d'un moyen de pression à son encontre.

Si c'était le cas, inutile de chercher à filer sans plus attendre. La villa devait être d'ores et déjà cernée...

Hubert entreprit donc d'ouvrir le sac militaire et la valise en toile posés à même le sol contre le mur. Il trouva dans une chemisette kaki plusieurs documents et listes rédigés dans un code élémentaire, mais sans doute incassable à moins de connaître les équivalences. Ainsi que deux plans à grande échelle de Pointe-Noire et de Brazzaville, couverts d'olives de couleurs, flèches et de ces signes cabalistiques qu'affectionnent les militaires pour « baptiser » leurs cartes et transcrire leurs ordres d'opérations.

La ficelle était vraiment un peu grosse ! Un câble de remorque pour pétrolier géant...

Un bruit étouffé de lutte se produisit alors à l'extérieur. Lâchant les papiers, Hubert se précipita à la rescousse d'Enrique. Puisque tout le monde jouait à berner tout le monde, autant donner au lieutenant Nzogo l'impression de se défendre jusqu'au bout plutôt que de lui révéler que son stratagème était éventé en l'accueillant à bras ouverts.

Erreur ! Il ne s'agissait nullement de l'investissement des lieux par les services spéciaux gabonais. Enrique montra le corps étendu à ses pieds.

– Comme il risquait de vous surprendre en entrant sans s'annoncer, je l'ai un petit peu assommé pour qu'il se tienne tranquille. Rien de méchant...

Il tapota du doigt sur une carte plastifiée trouvée sur sa victime.

– Je vous présente le lieutenant Adolphe

Guéghet, ajouta-t-il. Si j'avais pu prévoir, je serais resté ici à me baigner près des cocotiers au lieu d'aller me faire taper dessus à Franceville...

Débarrassé du pistolet qui déformait la poche de son pantalon, l'officier fut transporté dans l'office. Hubert entreprit aussitôt de le ranimer par des massages appropriés. Enrique n'avait pas eu la main trop lourde et il revint à la surface au bout de quelques minutes.

– Qu'est-ce qui se passe? bredouilla-t-il d'un ton pâteux. Qui êtes-vous ?

Le faisceau de la lampe-torche, braqué à cinquante centimètres de ses pupilles, l'obligeait à cligner des yeux malgré sa faible intensité.

Enrique lâcha un juron.

– Mon « interrogateur » de Franceville ! expliqua-t-il avec dépit, reconnaissant la voix. Si j'avais su, j'aurais tapé plus fort...

Il secoua sa corde, l'air farouche.

– Laissez-le-moi ! Dans deux minutes, ou il nous raconte sa vie jusqu'à la troisième génération, ou l'armée gabonaise comptera une brebis galeuse en moins...

Hubert leva la main pour le calmer.

– Je suis sûr que le lieutenant a déjà compris que la comédie est terminée, assura-t-il. Il va se montrer très compréhensif parce qu'il est loin d'être idiot.

Il poursuivit, ironique :

– Vous ne voudriez pas lui couper la tête alors qu'il s'est donné tant de mal pour vous distiller sa fable congolaise. Et aussi, pour vous permettre de vous évader afin de revenir ici nous en faire part...

– Vous croyez ? feignit de s'étonner Enrique.

– S'il vous avait réellement pris pour un Cubain, il ne vous aurait pas laissé votre corde et votre portefeuille avec tout votre argent. Il aurait aussi placé au moins une sentinelle pour garder la cabane où vous étiez enfermé.

– C'est vrai que le bois de la porte était pourri, concéda Enrique. Et puis, s'il y avait eu un garde, j'aurais pu le mettre à mal ou le faire parler...

Il tira sèchement sur les poignées de sa corde. Le fil d'acier émit un son sinistre.

– Laissez-moi au moins lui demander pourquoi il m'a sorti tous ces bobards. Je vous promets de ne pas lui couper le cou tout de suite pour qu'on puisse vérifier avant...

Il avait déjà reformé sa boucle, mais le Gabonais le dispensa de passer aux actes.

– Où est Bouissoukou ? questionna-t-il.

– Mort, répondit Hubert. Abattu d'une balle en plein front. Cela s'est passé avant notre arrivée. Nous ne sommes pour rien dans sa liquidation.

Le lieutenant Guéghet haussa les épaules.

– Voilà où mènent les rêves de grandeur et d'indépendance nationale ! commenta-t-il amèrement. Il est difficile de passer directement de l'âge de la hache à celui de l'ordinateur...

Il grimaça et parut soudain se voûter.

– C'est quand les choses ont commencé à mal tourner que la décision a été prise de canaliser les recherches en direction de la fausse piste congolaise. Un rideau de fumée, pour gagner le temps qui nous était indispensable.

– Pourquoi un coup d'Etat au Gabon ? questionna Hubert.

Le lieutenant eut une moue désabusée.

– Pour nous détacher de l'influence française, expliqua-t-il. Ils sont partout et font la pluie et le beau temps dans le pays. Nos ministres et tous nos dirigeants ne sont que des potiches. Derrière chacun, il y a un « conseiller », et c'est lui qui fait fonctionner la boutique. Nous voulions que cela cesse afin d'assumer nous-mêmes nos responsabilités. Le seul moyen consistait à couper le cordon et montrer que nous en étions capables. Nous avions reçu de la CIA l'assurance que Washington nous soutiendrait et nous apporterait son aide pendant la période transitoire inévitable...

Ce n'était pas la première fois, et sûrement pas la dernière, que de jeunes officiers nationalistes étaient prêts à tout pour voler de leurs propres ailes. Il suffisait qu'une sirène se présente pour qu'ils se laissent prendre à son chant.

– L'ennui pour vous, observa doucement Hubert, c'est que j'arrive justement de Washington et que la CIA ignore tout de ce genre de machination. Du moins, au Gabon...

Il marqua une pause.

– Ou bien vous essayez de me faire avaler un nouveau roman, ou bien quelqu'un vous a raconté des histoires.

– Vous n'obtiendrez rien par la douceur, intervint Enrique. Croyez-moi, il retrouvera vite la mémoire dès que je lui aurai caressé les amygdales !

Ce ne fut pas nécessaire. La dernière affirmation d'Hubert semblait avoir brisé un ressort chez l'officier gabonais.

– Le responsable de l'opération est le capitaine Ousso Bwama, déclara-t-il. C'est lui qui a servi de coordinateur pour les armes et qui possède tous les contacts.

– Où est-il ?

Le lieutenant Guéghet répondit sans hésiter.

– Cette nuit, en cas d'urgence, on peut le joindre dans une maison du bord de mer située juste après l'Aviation...

Tandis qu'Enrique laissait retomber sa corde avec une ombre de tristesse, Hubert releva le faisceau de sa lampe-stylo.

– Je pense que vous ne verrez aucun inconvénient à nous accompagner afin de nous la montrer pour que nous ne nous trompions pas ?

***

A Libreville, l'Aviation signifiait l'aéroport et ses abords, notamment le camp militaire entre l'autoroute et la grande piste parallèle au rivage.

Les maisons indiquées par le lieutenant Guéghet se dressaient en bordure de plage, échelonnées dans des portions de la cocoteraie dont les gros fûts longilignes s'inclinaient à la limite du sable. On y accédait par un embranchement partant sur la gauche quelques centaines de mètres après le début de la route du cap Estérias.

La bonne villa une fois désignée, l'officier gabonais avait été ramené à la *Rancho.* Enrique, qui n'avait pas oublié la suée attrapée à Franceville, avait passé plusieurs minutes à le saucissonner avec un rouleau de vingt mètres de fil électrique ramassé dans la maison inachevée. Sa rancune assouvie, il avait parachevé son dispositif anti-évasion par un usage plus que libéral du sparadrap contenu dans la trousse de première urgence.

Avec un rien de sadisme, il avait encore relié le tout aux montants du siège avant. Au mieux, le lieutenant ne réussirait qu'à faire osciller légèrement la suspension de la voiture. Quant à se détacher ou simplement se redresser, une douzaine d'avions auraient le temps de décoller de l'aéroport avant qu'il n'enregistre le premier résultat.

Si Hubert et Enrique avaient la malchance de ne pas revenir de leur expédition, il ne pourrait compter que sur quelque chapardeur attiré par la *Rancho* pour ne pas finir momifié.

Il avait pourtant manifesté de la bonne volonté durant le trajet, révélant notamment que le « sergent Marien » était en réalité un adjudant-chef gravitant dans le sillage du capitaine Ousso Bwama, à la fois son garde du corps et son exécuteur des hautes œuvres.

S'il ignorait le lieu où les armes étaient entreposées, il connaissait en revanche les noms des trois autres officiers comptant parmi les conjurés, trois lieutenants croyant dur comme fer que le coup d'Etat était téléguidé par la CIA et poussés comme lui par un nationalisme à courte vue. Maintenant que l'affaire était fichue, autant éviter une effusion de sang.

C'était une partie des hommes du capitaine Bwama qui avaient assuré le déchargement et le transport des armes dans leurs véhicules. Ils étaient tous originaires de sa tribu et étaient prêts à le suivre n'importe où. Ils avaient juré de garder le secret sur leur expédition nocturne, mais certains de leurs camarades avaient dû trouver bizarre qu'ils partent seuls pour une « manœuvre de nuit ». Sans doute avaient-ils pensé à du favoritisme et s'étaient-ils plaints à d'autres.

La maison servant de permanence au capitaine Bwama se dressait un peu en retrait par rapport aux autres, naturellement orientées face à la plage et à l'estuaire. Entourée de cocotiers, de divers arbustes et de massifs de fleurs à demi sauvages, elle se greffait sur la petite route commune par un court chemin de terre empierré. On pouvait cependant l'atteindre directement en traversant à pied la cocoteraie depuis la route du Cap Estérias.

Pratique pour des conspirateurs...

Après avoir contourné le grillage à distance et constaté avec satisfaction l'absence de chien de garde, Hubert et Enrique avaient décidé de procéder comme précédemment. Inutile de se précipiter tous les deux en même temps puisqu'ils ne disposaient que du seul automatique du lieutenant Guéghet. Etant donné que l'adjudant-chef garde du corps avait de bonnes chances d'être là si le capitaine s'y trouvait, Enrique suivrait au plus près. En cas d'accrochage, il devait détourner une partie de l'attention sur lui et, le cas échéant, ramasser les armes.

Côté maison, c'était le calme plat. Des volets pleins, fermés, les empêchèrent de distinguer s'il y avait de la lumière à l'intérieur.

Dissimulés à l'arrière, Hubert et Enrique s'apprêtaient à passer à l'action quand une silhouette se glissa furtivement au milieu des cocotiers, approchant avec précaution dans l'obscurité d'encre, courbée en deux.

S'il s'était présenté à cinq ou dix mètres d'écart, l'affaire aurait été moins simple. Mais l'homme arrivait droit sur eux, sans méfiance.

Avant d'avoir compris ce qui se passait, l'inconnu se retrouva brusquement plaqué au sol, immobilisé, bâillonné par une croix de sparadrap, les bras entravés dans le dos, le canon d'un automatique contre le creux de l'oreille pour l'inciter au calme.

Sans bruit, il fut soulevé et transporté derrière un bosquet touffu. Un bref éclair de lumière masquée entre des doigts révéla ses traits.

– Merde! souffla Enrique. William Spencer... Le résident en personne! Supposé apprécier le clair de lune sur Sao Tomé ou Fernando Po.

En trois mots, Hubert révéla qui il était, arracha le sparadrap.

– Ça tombe bien, grogna Spencer, je me demandais comment j'allais faire pour délivrer Karl Model à moi tout seul...

CHAPITRE

15

HUBERT N'AVAIT pas voulu prendre de risque.

– Vous restez là bien sagement pendant que nous déblayons le terrain ! Ensuite, nous éclaircirons ce qui doit l'être...

En dépit de ses protestations vite étouffées, le résident avait reçu une nouvelle croix de sparadrap en guise de bâillon. Pour faire bonne mesure, Enrique l'avait immobilisé par le cou au pied d'un petit cocotier au moyen de sa propre cravate.

– Un test, en quelque sorte. Si vous attendez tranquillement, ce sera un bon point pour vous. Dans le cas contraire, on en tirera les conséquences...

William Spencer s'était à moitié étranglé de

rage, mais il n'en était résulté qu'un maigre gargouillis bien incapable de dominer le froissement des palmes agitées par la brise.

Sur un plan pratique, Enrique était désormais à la tête d'un Colt « Python » en état de marche, engin d'une portée quand même supérieure à sa corde. Il l'avait remisée dans une poche, laissant toutefois les poignées ajustées. Il trouverait peut-être enfin l'occasion de s'en servir autrement que pour de simples menaces. Faute d'utilisation, elle allait finir par rouiller avec ce climat humide et malsain pour l'acier.

Hubert avait surtout retenu que Karl Model était dans la maison, probablement prisonnier. Encore un qui avait oublié de prendre son avion...

Suivi par Enrique à trois mètres, il sauta le grillage et retomba en souplesse dans le jardin. Le pistolet du lieutenant Guéghet bien calé au creux de la paume, il progressa par bonds silencieux d'un buisson à l'autre, scrutant la maison.

Lorsqu'il n'en fut plus qu'à quelques mètres, il distingua un imperceptible rai de lumière qui filtrait entre deux volets qui ne fermaient pas hermétiquement. Il lui sembla aussi entendre comme un gémissement assourdi.

S'il ne s'agissait pas d'une illusion, cela allait mal pour Karl Model...

Du moins était-il encore vivant.

Hubert allait se redresser pour franchir la distance qui le séparait de la porte latérale quand celle-ci s'ouvrit soudain. Une puissante torche électrique s'alluma aussitôt, décrivant un arc de cercle destiné à éclairer toute cette portion du jardin.

Ce n'était probablement qu'une simple mesure de routine, une de ces précautions qui finissent par devenir une habitude au même titre qu'une ronde à intervalles plus ou moins réguliers.

Mais celle-là tombait très mal, car elle surprit Enrique à découvert entre un buisson et un massif de fleurs. Bien qu'il se soit instantanément aplati sur le sol, la lumière l'effleura au passage, s'arrêta dans sa course, revint vers lui pour l'épingler.

De l'endroit où il était tapi, Hubert voyait le reflet mat d'un canon de pistolet mitrailleur ainsi que le chargeur courbe caractéristique d'un Kalashnikov.

En face d'une arme capable de nettoyer Enrique en un éclair et d'ajouter son scalp en prime, c'était une question de rapidité dans le déclenchement du tir. Avant que l'autre n'ait le temps d'ajuster sa cible et d'ouvrir le feu, il pressa la détente par deux fois.

Les détonations retentirent comme des coups de canon dans la nuit et furent ponctuées par un hurlement terrible de bête fauve touchée à mort. Tandis que le corps se cassait en deux et que la torche dégringolait à terre, il bondit à toute vitesse. D'un coup de pied, il expédia le Kalashnikov à plusieurs mètres pour le cas où l'homme ne serait que blessé, laissant à Enrique le soin de terminer la mise hors combat.

Fonçant par l'ouverture de la porte, il s'orienta vers la lumière, déboucha en trombe dans une pièce où brûlait une ampoule suspendue au plafond par son fil électrique.

Karl Model était attaché à une chaise, torse nu,

la peau marbrée de vilaines taches rougeâtres. Un morceau de chiffon lui écrasait les lèvres et l'empêchait de crier.

Mais Hubert vit surtout le Noir qui venait de lâcher le cigare avec lequel il travaillait l'Allemand pour se précipiter vers un second Kalashnikov posé contre le mur.

Il le stoppa d'une balle dans le genou droit, l'en gratifia d'une seconde dans la cuisse gauche pour le projeter au sol, continua sur sa lancée pour le mettre K.O. d'un coup de crosse sur l'occiput pendant qu'il mordait la poussière.

Avec ce genre d'individu, deux précautions valaient mieux qu'une. Il aurait été capable de sortir une grenade de sa poche pour terminer en beauté ou de croquer une capsule de poison pour emporter tout ce qu'il savait dans la tombe.

Derrière, Enrique avait pris le relais pour s'assurer qu'un troisième larron ne risquait pas de les prendre à revers et de faire basculer l'issue de la bataille du mauvais côté.

– Tout est clair, déclara-t-il. Il n'y a personne d'autre.

Hubert avait entrepris de détacher le bâillon de Karl Model dont le visage ruisselant trahissait la souffrance.

– Merci... Vous êtes arrivés juste à temps...

De la tête, Hubert indiqua le Noir assommé dont le pantalon rougissait de sang.

– C'est le capitaine Ousso Bwama ?

L'Allemand acquiesça en serrant les dents.

A cet instant, une première sirène se mit à mugir au-dehors, imitée par une seconde. Etant donné qu'aucun commissariat n'existait dans les parages immédiats et qu'aucun véhicule n'avait eu le temps de venir de l'aéroport depuis les détonations, la conclusion coulait de source.

– Allumez tout en grand et dispensez-vous de tout mouvement un peu vif, conseilla Hubert à Enrique. Les sbires du lieutenant Nzogo risqueraient de se méprendre sur votre compte.

– On va encore passer une nuit blanche, se plaignit Enrique.

– Ce n'est pas certain. Ils vont vouloir « exploiter » le capitaine en priorité. S'ils savent s'y prendre, ils n'auront pas besoin de nous.

Cependant que les sirènes arrivaient devant la maison, Hubert acheva de détacher Karl Model.

– Il ne faudra pas oublier d'aller récupérer Spencer...

Ni le lieutenant Guéghet dans la *Rancho*.

*
**

La nuit régnait encore sur Libreville, et les nuages empêchaient toujours de voir les étoiles. Quelques très rares voitures circulaient. On pouvait suivre longtemps le bruit de leur moteur dans le silence ambiant. Sur l'autre rive de l'estuaire, à des kilomètres, des éclairs zébraient parfois l'obscurité.

Le lieutenant Nzogo se gara à une quinzaine de mètres, éteignit ses lumières, ouvrit sa portière et descendit pour s'approcher à pas mesurés. Il était seul.

Lorsqu'il avait téléphoné à Hubert un peu plus tôt pour lui fixer un rendez-vous devant le monument de la place Tchoréré, celui-ci avait jugé plus prudent de se faire couvrir discrètement par Enrique.

On les avait laissé quitter la maison d'Ousso Bwama un peu trop facilement. Pour rester entre soi, sans doute...

Mais après tout, la justice gabonaise était en droit de lui réclamer des comptes pour le meurtre d'un adjudant-chef et pour des blessures volontaires sur la personne d'un capitaine.

Il pourrait évidemment invoquer la légitime défense, mais l'affaire risquait de mettre des années avant de venir devant un tribunal, pendant lesquelles on le cloîtrerait au plus profond d'une lointaine prison, sans contacts extérieurs afin de préserver la « bonne marche » de l'instruction. Eventualité peu séduisante.

Il était encore possible qu'on ait décidé en haut lieu de supprimer le témoin gênant qu'il était. En Afrique, on assistait parfois à des réconciliations aussi promptes qu'imprévisibles. Le problème consistait alors à trouver un bouc émissaire acceptable par tout le monde.

Apparemment, ses craintes étaient vaines. L'officier monta par la portière qu'Hubert s'était penché pour ouvrir et prit place sur le siège passager. Son visage neutre n'exprimait aucune lassitude à croire qu'il avait l'habitude des heures supplémentaires et des nuits sans sommeil passées à confesser les conspirateurs.

– Le capitaine Bwama s'est finalement montré nettement plus raisonnable qu'on aurait pu le penser, déclara-t-il. Il est vrai qu'il a perdu beaucoup de sang et qu'une balle dans le genou secoue un homme. Sous nos climats, si ce n'est pas soigné rapidement, cela peut entraîner la gangrène et l'obligation d'amputer. Même chose pour sa cuisse qui risquait de s'infecter...

Le Gabonais poursuivit de la même voix plate.

– Nos cachots ne sont déjà pas très confortables pour un homme en bonne santé. Ils le sont encore moins pour un cul-de-jatte qui a eu la malchance de se fracturer les deux bras en tombant.

Hubert était certain que l'intéressé avait ses deux bras intacts quand il l'avait assommé. Il ne vit pas la nécessité de le faire remarquer.

– Donc, reprit le lieutenant Nzogo, il nous a raconté l'histoire d'un complot somme toute très banal sous nos latitudes et n'ayant pas beaucoup de chances de réussir. Nous en connaissons désormais le détail. Les armes étaient entreposées à bord de plusieurs petites barges dissimulées dans les marais de la rive sud du fond de l'estuaire, en face du champ de tir utilisé par les avions de l'armée de l'air. Il aurait fallu un hasard vraiment très improbable pour qu'elles soient découvertes.

Il s'interrompit une seconde avant d'enchaîner :

– Le capitaine a poussé l'obligeance jusqu'à nous communiquer les noms de ses complices. Là, il nous a réservé une surprise. Au-dessus de lui, il y avait un commandant qui aurait été placé à la tête de la junte lorsque celle-ci se serait emparé du pouvoir. Un homme apparemment insoupçonnable parce qu'il avait la réputation de marcher la main dans la main avec les Français. Lorsque nous nous sommes présentés chez lui, il a compris qu'il était démasqué et a tenté de se suicider.

Un sourire découvrit ses dents brillantes.

– Il est actuellement hors de danger, mais ce n'est que partie remise. Il a commis la grosse imprudence de conserver chez lui des documents établissant formellement ses liens avec Moscou et certains régimes africains progressistes. Devant des preuves aussi accablantes, il lui était impossible de nier l'évidence. Compte tenu de son grade, de sa notoriété et des attaches qu'il entretenait ouvertement avec les Français en guise de couverture, un suicide ne paraît pas judicieux parce qu'il amènerait sans doute certaines personnes à se poser des questions. La décision n'est pas encore prise, mais un accident de la circulation serait la meilleure formule.

Circulation automobile ou circulation sanguine, seul le résultat importait...

– Pour ce qui est des jeunes officiers qui se sont laissé abuser, il n'est pas mauvais qu'ils éprouvent des sentiments nationalistes et qu'ils soient capables de prendre des risques pour leur pays, indiqua le Gabonais. Toutefois, il est indispensable de leur apprendre la discipline et de les inciter à un meilleur jugement à l'avenir. Des mutations dans des postes éloignés de la capitale leur enseigneront les vertus de la réflexion. Nous manquons de cadres et il est inutile d'en faire des aigris ou des révoltés.

Autrement dit, l'affaire allait être étouffée au maximum. C'était la voie de la sagesse.

– Je crois que c'est une excellente décision, approuva Hubert. Pour notre part, nous allons redevenir pendant un jour ou deux les simples touristes que nous n'avons jamais cessé d'être. Je pense que vous ne verrez aucun inconvénient à ce que William Spencer continue à s'occuper d'échanges culturels à l'ambassade et que Karl Model reprenne son travail à Owendo dès qu'il quittera la clinique où il est en observation ?

Le lieutenant Nzogo marqua une légère réticence.

– Bien entendu, nous savons que le complot puise sa source à Moscou, qu'il s'agissait de faire croire aux jeunes officiers nationalistes qu'ils bénéficiaient du soutien de la CIA, mais que Washington n'y est en réalité pour rien, exposa-t-il. Nous aimerions cependant connaître la façon dont vous envisagez de conclure cette histoire.

Il parut avoir une soudaine inspiration.

– Si c'est une question de personnel spécialisé, nous pouvons vous donner un coup de main...

Entre confrères du même bord, c'était la moindre des choses.

D'autant que l'effacement louable de la CIA allait permettre à un certain lieutenant Nzogo de s'attirer tout le mérite de l'opération.

Hubert secoua la tête.

– Je vous propose une autre formule, dit-il. Il est toujours bon d'avoir une entrée chez l'adversaire à son insu. Vous m'avez laissé entendre que le capitaine Bwama et le commandant tiendront leur langue d'une manière ou d'une autre. Je pense pouvoir arranger le reste. Ne jugez-vous pas que c'est préférable ?

Le Gabonais se frotta le menton, hésitant. Il finit par acquiescer.

– A condition que nous disposions d'un droit de regard, votre idée est assez séduisante...

⁂

Avant de s'engager sur le parking du *Dialogue* pour s'y garer, Hubert s'assura que la voiture de Christine n'était pas embusquée dans les parages. A première vue, rien à craindre de ce côté-là.

De fait, ce n'était pas la fille qui l'attendait, mais le beau-père.

L'air las, le visage creusé, Francis Netter ouvrit la portière et se laissa tomber sur le siège. Il n'avait plus rien de l'homme d'affaires dynamique, fier de sa réussite.

— Olga et Christine sont en route pour le Cameroun à bord du bateau d'un ami qui a bien voulu me rendre ce service, déclara-t-il. Je n'ai pas essayé de louer un avion-taxi de crainte que l'aéroport ne soit surveillé. Le plus dur a été de les convaincre de partir, Christine en particulier. Elle faisait un foin terrible à votre sujet et j'ai dû la bousculer un petit peu.

Il grimaça un sourire.

— Je préfère les savoir hors des eaux territoriales, ajouta-t-il. Les Noirs ne sont pas toujours très tendres avec les Européennes dans certaines circonstances, surtout lorsqu'elles n'ont pas la conscience entièrement pure et qu'elles peuvent servir de moyen de pression...

Hubert voyait mal le lieutenant Nzogo en train de violer qui que ce soit, mais ses « spécialistes » ne s'encombraient pas forcément des mêmes scrupules.

— Pourquoi n'êtes-vous pas parti avec elles ? demanda-t-il.

Francis Netter haussa les épaules.

– A quoi bon ? fit-il. La Maison a les moyens de me retrouver n'importe où, c'est seulement une question de temps. Alors, autant en terminer tout de suite !

Réaliste.

– Vous vous exposez à bien des désagréments, remarqua Hubert. Même si vous vous allongez, il sera nécessaire de vérifier que c'est la vérité. Cela peut être très pénible. Vous auriez pu avoir un geste malencontreux en nettoyant un fusil de chasse...

Le Franco-Américain secoua la tête.

– J'y ai songé, mais rien ne me dit que vous auriez cru ma « lettre d'adieu », expliqua-t-il. Or, je tiens à ce que vous sachiez à quoi vous en tenir. Pour ça, il n'y a que l'entretien de vive voix.

– Vous avez des convictions et vous voulez les faire partager ?

Un ricanement grinçant franchit les lèvres de Francis Netter.

– Vous n'y êtes pas du tout ! C'est beaucoup plus sordide. Ils me tenaient, et je ne pouvais pas agir autrement sous peine de plonger. J'aurais dû avoir le courage de tout déballer au lieu de me laisser sacrifier dans une connerie vouée dès le départ à l'échec. Je me suis bêtement raccroché à l'idée qu'il y avait un tout petit espoir que cela marche.

– Le coup d'Etat ?

– Moscou aurait applaudi des deux mains s'il avait réussi, mais j'ai vite compris que ce n'était pas le véritable objectif. Le vrai but de l'opération, c'était de descendre le président Bongo.

Tout devait impérativement commencer par sa liquidation. Pour l'exemple! Parce qu'il a été le premier chef d'Etat africain à parler de la création d'une force inter-africaine pour faire échec aux tentatives russes et cubaines pour couper le continent noir en deux.

Francis Netter soupira.

– Dès que j'ai reçu l'ordre de servir de couverture pour recruter de jeunes officiers nationalistes, j'ai signalé que l'échec était prévisible parce que les troupes françaises stationnées dans le pays constituaient l'ossature de l'armée et qu'elles soutiendraient celle-ci pour rétablir l'ordre. On m'a objecté qu'un contingent allait être envoyé au Shaba, que les forces « loyalistes » seraient alors dégarnies et qu'il suffirait de supprimer Bongo ainsi que les deux ou trois principaux ministres pour que tout le reste bascule dans le camp des insurgés. Etant donné que Moscou ne pouvait pas être aussi mal renseigné sur la situation, j'en ai conclu qu'on nous faisait prendre des vessies pour des lanternes et que la réussite du putsch n'était que très secondaire...

Il s'arrêta une seconde.

– Tôt ou tard, il y aurait des règlements de comptes et on saurait que la CIA, enfin moi en l'occurrence, avait fourni un soutien indirect, reprit-il. Comme je n'étais pas le pivot du réseau local, ma seule chance consistait à mouiller Spencer en m'arrangeant pour qu'il ne puisse plus se défendre. L'ennui, c'est justement que je n'étais pas placé au poste stratégique qui m'aurait permis de contrôler l'antenne. Et que Spencer a commencé à sentir le vent et à prendre du recul par mesure de prudence. Résultat, les Gabonais l'ont imité et je me suis retrouvé en plein sous le feu des projecteurs quand vous avez débarqué.

Il émit un rire sans joie.

– C'était d'ailleurs déjà en train de tourner à la farce! Entre Nzogo qui essayait de vous manipuler par le biais de cette dinde d'Olga et les autres abrutis qui semaient des cadavres à tous les coins de rue, cela virait au folklore local arrosé à l'hémoglobine...

Sa main balaya l'air comme un couperet.

– Ne me demandez pas d'entrer point par point dans le détail, prononça-t-il d'une voix raffermie. Je vous ai dit l'essentiel. Maintenant, finissons-en proprement!

Hubert fit claquer sa langue contre son palais.

– Ttt... Ttt... Ne précipitons rien !

Francis Netter le considéra avec étonnement.

– Votre mort ne m'intéresse pas, indiqua Hubert. Vivant, vous serez beaucoup plus utile.

– Que voulez-vous dire ?

– L'enquête va établir que ce sont les principaux conjurés gabonais qui ont fait croire aux autres officiers qu'ils bénéficiaient de l'appui de la CIA pour organiser leur coup. Votre nom ne sera prononcé à aucun moment. Grâce à leurs « aveux » personne n'aura la moindre raison de vous soupçonner et vous en sortirez blanc comme neige... Prêt à resservir...

Hubert eut un sourire qui découvrit sa puissante denture de carnassier.

– A votre avis, quand les Russes décideront d'effectuer une nouvelle tentative, qui contacteront-ils ?

DANS LA MÊME COLLECTION (suite)

47 OSS 117 VOIT ROUGE
48 NOEL POUR UN ESPION
49 VISA POUR CARACAS
50 OSS 117 N'EST PAS AVEUGLE
51 OSS 117 TUE LE TAON
52 OSS 117 FRANCHIT LE CANAL
53 FESTIVAL POUR OSS 117
54 CHINOISERIES POUR OSS 117
55 PLAN DE BATAILLE POUR OSS 117
56 PARTIE DE MANILLE POUR OSS 117
57 UN AS DE PLUS À LAS VEGAS
58 LE SBIRE DE BIRMANIE
59 ATOUT CŒUR À TOKYO
60 MOCHE COUP À MOSCOU
61 GACHIS À KARACHI
62 PANIQUE À WAKE
63 LES SECRETS FONT LA VALISE
64 PAN DANS LA LUNE
65 CINQ GARS POUR SINGAPOUR
66 DOUBLE BANG À BANGKOK
67 DÉLIRE EN IRAN
68 MÉTAMORPHOSE À FORMOSE
69 ARIZONA ZONE A
70 LILA DE CALCUTTA
71 TACTIQUE ARCTIQUE
72 AGONIE EN PATAGONIE
73 POISSON D'AVRIL
74 À TUER
75 OSS 117 À L'ÉCOLE
76 DU LEST À L'EST
77 PLEIN GAZ POUR OSS 117
78 OSS 117 PRÉFÈRE LES ROUSSES
79 OSS 117 PREND LE MAQUIS
80 OSS 117 ? ICI PARIS
81 FIDÈLEMENT VOTRE... OSS 117
82 STRIP-TEASE POUR OSS 117
83 OSS 117 AU LIBAN
84 LES ESPIONS DU PIRÉE
85 LES MONSTRES DU HOLY-LOCH
86 VALSE VIENNOISE POUR OSS 117
87 OSS 117 À MEXICO
88 LES ANGES DE LOS ANGELES
89 HALTE À MALTE
90 RÉSEAU ZÉRO
91 PALMARÈS À PALOMARÈS
92 CONGO À GOGO
93 OSS 117 CONTRE OSS
94 BOUCAN À BUCAREST
95 DÉTOUR À HAMBOURG
96 OMBRES CHINOISES SUR TANGER

DANS LA MÊME COLLECTION (suite)

147 OSS 117 DANS LE BROUILLARD
148 PLEINS TUBES SUR LE DANUBE
149 OSS 117 RIPOSTE
150 OSS 117 SUR LA BRÈCHE
151 PLAIES ET BOSSES À MYKONOS
152 OSS 117 AUX COMMANDES EN THAILANDE
153 TANGO SUR UNE CORDE À PIANO
154 FRANC ET FORT À FRANCFORT
155 OSS 117 GAGNE SON PARI À PARIS
156 OSS 117 ET LA BOMBE DE BOMBAY
157 OSS 117 EN CONFLIT À BALI
158 OSS 117 ENTRE EN LICE À L'ÎLE MAURICE
159 PLEIN CHAOS CHEZ MAO
160 DURS À CUIRE À CURAÇAO
161 CAVALCADE À RIO
162 TROIS MALTAISES POUR OSS 117
163 OSS 117 FIN PRÊT À TAIPEH
164 ULTIMATUM POUR OSS 117
165 RENCONTRES À IBIZA POUR OSS 117
166 SAFARI POUR OSS 117
167 CORPS À CORPS POUR OSS 117
168 OSS 117 SUR UN VOLCAN À ABIDJAN
169 OSS 117 PÊCHE EN ISLANDE
170 TÊTE DE TURC EN TURQUIE
171 COUP D'ÉCLAT À PRÉTORIA
172 OSS 117 DERNIER SURSIS EN YOUGOSLAVIE
173 COUP DE BARRE À BAHREIN
174 OTAN POUR OSS 117
175 COUP DE MAIN POUR OSS 117
176 PERFIDIES EN BIRMANIE POUR OSS 117
177 DERNIER ROUND AU CAMEROUN
178 DÉRAPAGE EN ALASKA
179 VOL DE NOËL POUR OSS 117
180 COUP DE PROJECTEUR POUR OSS 117
181 CROISIÈRE ATOMIQUE POUR OSS 117
182 IMBROGLIO À SAN DIÉGO
183 À FEU ET À SANG EN FORÊT NOIRE
184 OSS 117 GAGNE LA BELLE
185 COMBAT DANS L'OMBRE POUR OSS 117
186 OSS 117 JOUE LES MERCENAIRES
187 PLAN D'URGENCE POUR OSS 117
188 CHOC A BANGKOK POUR OSS 117
189 PANIQUE EN AFRIQUE POUR OSS 117

« Composition réalisée en ordinateur par IOTA »

IMPRIMÉ EN FRANCE PAR BRODARD ET TAUPIN
7, bd Romain-Rolland - Montrouge.
Usine de La Flèche, le 20-11-1978.
6570-5 - N° d'Editeur 3990, 4e trimestre 1978.